시간의
모서리

시간의
모서리

초판 1쇄 발행 2017년 9월 4일
초판 4쇄 발행 2024년 6월 14일

지은이 김민준
책임 편집 하소연
디자인 그별
펴낸이 남기성

펴낸곳 도서출판 쿵(프로젝트A)
인쇄,제작 데이타링크
출판사등록 신고번호 제 2016—000310호
주소 경기도 고양시 덕양구 꽃마을로 34, 1006호,1007호(향동동, DMC스타팰리스)
대표전화 (070) 7555—9653
이메일 sung0278@naver.com

ISBN 979-11-88345-17-5 03810

시간의
모서리

Je serai poète et toi poésie

김민준 지음

차례

Je serai poète et toi poésie

나는 시인이 될게요.
당신은 그 안의 시가 되어 주세요.

〈시간의 모서리〉를
펼치며

　살면서 문득 길을 잃었다고 느낄 때, 하는 수 없이 주저 앉아 멍하니 하늘을 올려다 봐야 하는 순간이 있었다. 나는 그 미로같은 정적 속에서 잠시 동안 모든 것이 정지되어 버린 듯한 기분을 느끼곤 했다. 길이 없어서, 혹은 가야할 곳이 없어서 그랬던 것은 아니었다. 문득, 그저 왜 가야 하는지, 앞으로 어떻게 살아야 하는지에 대한 확신이 없어서, 어쩌면 더는 이렇게 나아가는 것은 무리라고 느꼈기 때문일 수도…… 어떤 날은 아무런 이유도 없이 그냥 다 내려놓고 싶어 그랬는지도 모른다.

　그럴 때면 머리에서, 가슴 속에서 오래 전에 스쳐갔던 느낌들이 나를 에워싼다. 기운없이 늘어진 마음의 현을 팽팽하게 끌어당기며 잃어버린 내 손을 붙잡아 주던 어느 날의 온기와 같이. 식어가는 내 주변으로 뜨거운 눈물이 되어 흩어지던 기적같은 다독임으로. 위태로운 오늘을 조율하며 감정의 균형을 알려주던 그 시간들이 내게 아낌없는 찬사를 보낸다.

　실은 우리들은 모두 각자의 고단함을 내려놓고서, 진정 본연의 내가 되어 숨쉴 수 있는 '시간의 모서리'를 가지고 있다. 비록, 단 한 순간이라고 할 지라도 언젠가의 내게는 보석처럼 빛나던 삶의 위안들이 분명 존재하고 있는 것이다. 이 책은 오늘날, 나라는 사람으로 온전히 살아갈 수 있도록 내게 영원한 기억의 안식처가 되어주던 그 시간에 대한 이야기다.

그것은 언어라는 형태로 묶어놓은 한 권의 아련한 공간이다. 한때 내가 기대고 있던 시간의 모서리를 나와 당신을 위해 온전히 펼쳐 놓으며 나는 간절히 기도한다. 그곳에서 살아가는 의미에 대해 속삭이던 나의 마음이 부디, 이 글을 읽는 누군가에게 잠시 기대어 쉴 수 있는 평온한 휴일이 되었으면 하고.

다시 한번, 기운없이 늘어진 마음의 현을 팽팽하게 끌어당기며 잃어버린 내 손을 붙잡아 주던 어느 날의 온기와 같이. 식어가는 내 주변으로 뜨거운 눈물이 되어 흩어지던 기적과도 같은 다독임으로. 시간의 모서리에 기대면 경계는 이내 허물어 진다. 삶이란 나를 조율하는 시간. 더 나은 소리가 아니라, 오직 정확하게 표현된 음을 짚어내는 시간. 우리들은 모두 각자의 고유한 음을 지니고 있지 않은가. 나의 결핍과 화해하는 일은 나의 이상과 마주하는 일. 이 땅에 놓여진 모든 이들은 이미 가능성을 획득한 자들 뿐이다. 망설여도, 머뭇거려도, 결코 부정할 수 없는 사실이 있다면 우리들이 오늘을 살아내고 있다는 것이다.

2017년 가을 김민준

시
時

[1]나는 일생에서 두 번의 끔찍한 사고를 겪었다. 첫 번째
는 열여덟 살 때 나를 부러뜨린 전차 충돌사고다. (…)
두 번째는 바로 디에고와의 만남이다

　우연히 읽었던 프리다 칼로의 자서전에서 나는 내 인생의
커다랗고 위험했던 몇 번의 큰 사고를 떠올렸다. 첫 번째는
선천적으로 흉부가 함몰된 나의 탄생이 그러했고, 두 번째는
고등학교 시절 한 여자애와의 만남이었다.

　몸의 기형은 몇 번의 큰 수술로 인해 극복해 냈다. 간간히
가슴이 답답한 심리적인 요인을 제외하고서는 이제 큰 불편
함을 느끼지 못할 정도다. 허나 고등학교 때 나를 뒤흔들었
던 마음의 균열은 내 인생을 송두리째 바꾸어 놓았다. 어진
은 아직도 진행 중이다.

---

1 프리다 칼로

그 여자애의 이름은 비밀로 남겨두겠다. 다만 성경에서 그 이름은 '샘물'이라는 뜻으로 등장했고 천천히 발음되면 일본어로 '슬프고 애처로운 가락'이라는 뜻이다. 그 애는 남들과 조금 달랐다. 겉으론 떠들썩하고 다소 왈가닥인 것처럼 보였으나, 나는 이상하게 그 모습이 슬퍼 보였다. 아마 나 또한 나의 슬픔과 불안을 감추기 위해 전혀 다른 사람인척 노력했던 순간들이 있어서 그렇게 느꼈던 것 같다. 그 행동들은 마치 다자이 오사무의 소설 '인간 실격'의 주인공 '요조'의 경우처럼 자기 내면을 감추기 위한 일종의 익살스러운 가면에 불과한 것이다.

처음에 나는 그 친구의 존재를 별로 탐탁지 않게 여겼다. 자꾸만 내게 이상한 느낌들을 느끼게 하는 그 여자애를 멀리하려고 애썼다. 허나 공교롭게도 우리는 계속해서 가까워졌다. 심지어는 서로를 좋아하게 되어버린 것이다. 그것은 내가 태어나 여자에게 느낀 첫 번째 사랑이라는 마음이었다. 나는 그때 알았던 것이다. 사랑이라는 감정은 도저히 어찌할 방도가 없이 내게 다가오는 것임을. 우리는 서로가 다소 이해하기 어려운 사람들이라는 걸 잘 알고 있었기 때문에, 되레 서로에게 조심스럽게 행동했다. 물론, 그 섬세함이 우리를 더욱 가깝게 만들었지만…….

헌데 일순간 그 애가 내 인생에서 바깥으로 튕겨져 나가 버렸다. 그리곤 영영 마주치지 않았다. 고등학교 때 우리 학교에서는 한 명의 아이가 스스로 생을 마감했다. 내가 좋아했던 여자아이의 짝꿍이었다. 샘물, 슬프고 애처로운 가락의 이름을 지닌 그 애는 그 사실을 견디지 못해서 학교를 그만뒀다. 빈자리에 국화꽃 한 송이를 남겨 놓고 다시는 학교에 나오지 않았다. 나로서는 감당할 수 없는 일들이 그 시절엔 너무도 아무렇지 않게 일어나버렸다.

나의 세계는 완전히 균형을 잃었다. 나는 그때 운동을 그만 뒀다. 그 애의 어머니는 시인이었는데, 나는 그 어머니를 찾아가서 울었다. 그 애는 나를 만나주지 않았다. 그 아이의 어머니는 나에게 시집 한 권을 건네며 자기자신을 사랑하는 사람이 되길 바란다고 말했다. 버스정류장에 앉아 그 시집을 펼쳤는데, 하염없이 눈물이 났다. 그때 나를 안아주던 것은 그 얇고 작은 시집 한 권이 전부였다. 나는 다시 그 애의 어머니를 찾아가서 시를 쓰고 싶다고 말했다.

하나의 세계가 완전히 부서지고 그 폐허들 사이에서 내가 발견해 낸 것, 내게 남아있는 유일한 것. 나는 나의 전부를 잃고 시^{時}라고 하는 언어를 배웠다. 그리곤 이제 그 시^{時}가 나의 전부다.

삶

나는 다 무너진 줄 알았는데, 벼랑 끝에서 가늘게 흔들리고 있었던 거지. 그리고 폐허 더미 아래에서도 꽃이 핀다는 사실을 알았을 때, 나는 그 떨림을 물끄러미 바라 보았어. 춤을 추는 것 같기도 했고, 울고 있는 것 같기도 했는데 정확히는 모르겠어. 숫제, 우리들의 삶이 꼭 그와 비슷한 모습은 아닐까 하는 생각이 들더라고. 춤을 추는 것 같기도 하고, 울고 있는 것 같기도 했어.

사는 동안
몇 권이나 읽을 수 있을까

약속 시간보다 조금 더 늦게 도착할 것 같다는 친구의 메시지를 받고서, 계획에 없던 기다림을 무엇으로 채울까 고심하던 때였다. 작은 책방에 들러 오래된 책들, 처음 보는 책들을 손으로 만지며 비어있는 시간을 채워갈 때, 새삼 그런 생각이 들었다.

'이 많은 책들을 언제 즈음이면 다 읽을 수 있을까?'

겨우 여덟 평 남짓의 좁은 공간에 빼곡히 자리하고 있는 이 수많은 책들을 아마도 나는 사는 동안 다 읽지 못할지도 모른다. 많은 책을 읽는다고 해서 그것이 꼭 좋은 독서라고 말할 수 있는 것은 아니다만, 이렇게나 많은 책들을 한 번 읽어보지도 못하고 눈을 감는다는 가정은 내게는 사뭇 큰 서운함으로 다가오고 말았던 것이다.

나는 그 '예정에도 없던 기다림'을 '무언가를 읽는 동안'이라는 시간으로 바꾸어 읽었다. 곧이어 기다리는 이는 왔고, 뛰어온 듯 급하게 숨을 고르던 친구를 다독이며 오늘은 우리

그저 책이나 읽다 돌아가자고 말했다.

　늦어서 미안하다는 이에게 되레 늦어줘서 고맙다는 뜻 모를 미소를 전하면서 나는 그날 하루의 귀퉁이를 슬그머니 접어 두었다. 우리는 마주보고 앉아서 각자 원하는 책을 펼쳤다. 사각사각 호기심 가득한 얼굴로 종이를 넘기는 친구의 모습이 그간 잘지냈냐며 나를 어루만지는 조용한 안부로 읽힐 때, 교감이란 것은 굳이 말을 하지 않아도 이렇게 무언가를 바라보는 방식만으로 충분히 전해질 수 있음을 알았다.

　사는 동안, 그렇게 좋은 책을 읽고 좋은 사람을 읽어 내려가는 일을 게을리 하지 말아야겠다고 다짐했다. 왜냐하면 적어도 사는 동안, 나는 그 좋은 문장과 좋은 만남들을 차마 다 읽어보지도 못한 채로 눈을 감을 지도 모르니까 말이다. 눈 한 번 마주치지 못하고 스쳐지나기엔 너무도 따뜻한 문장들. 그 마음들, 그러한 느낌들.

　해가 저물고, 손을 흔들며 다음에 또 보자 인사를 건넬 때,

우리는 멀어지면서 침묵으로 말미암아 그 어느 때보다 많은 대화를 나눴음을 느꼈다. 그러니 사는 동안, 몇 번이고 되풀이해도 좋을 것이다. 좋은 사람과 좋은 문장을 함께 나누는 일.

사월의
마지막 날

매월 마지막 날이면, 그간 쌓인 고지서, 바빠서 눈으로 대강 보고 말았던 메시지, 그리고 조금 더 서둘러 물었어야 할 안부 들을 쌓아놓고는 깊은 생각에 잠긴다. 적당한 선에서 그것들 이 해결되었다고 느껴지면 나는 달력에 동그라미를 친다.

하필이면 사월의 마지막 날, 근심이 없어 보이는 듯 푸르 게 푸르게 하늘을 헤엄치는 구름의 잔해들이 부쩍 나를 조급 하게 만든다. 봄이라고 하기엔 기온이 조금 높은 것은 아닌 가 미심쩍으면서도, 여간 해를 거듭할 수록 짧아져 가는 이 시기가 못내 아쉬워 일단은 대문 밖을 나섰다. 햇살이 좋아 서 거리로 나왔는데, 특별히 해야할 일도, 하고픈 일도 마땅 치 않아 자주 가는 카페에서 홀로 커피 한 잔을 마시고 돌아 왔다. 그래도 아쉬움이 남아 그날 밤에는 일기장 속에 조금 씩 조급해져 가는 마음을 다독이듯 옮겨 두었다.

'그러게 말이야. 누가 정해 놓은 걸까. 그맘때 즈음이면 졸업을 하고 그 나이엔 어느 정도 직급에 오르고, 서른 언저 리에서 결혼 준비를 하고, 어느 나이가 되면 꽤나 삶의 가닥이 잡혀 있어야 한다는 기준들 말이야. 어쩌다 보니 이유도 모른 채 어영부영 끼워 맞추고 있는 것들이 너무 많아진 것 같아. 쉽게 동요하고 싶진 않지만 마냥 흘려 듣기에는 서운한 그런 이야기들. 가끔은 내 삶의 방향 보다 그 나이면 꼭 해야 한다는 일들에 더 많은 신경이 쓰이곤 해. 인정하고 싶지 않지만 아니라고 딱 잘라 말할 용기도 없어.

  각자의 사람들에겐 각자 살아가는 시간의 단위가 있다고 믿고 싶지만, 남들의 알람소리에 놀라서 자신도 모르게 부리나케 뛰곤 하는 거야. 늦을까봐. 더디게 도착할까봐. 하지만 나에게도 나름의 가치관은 있는 걸. 성실하게 살 거야. 다만, 나이와 시기에 얽매여서 삶의 계획을 다른 무언가의 기준으로 짜고 싶지는 않을 뿐이야.'

무거운 마음 내려놓기

연연해하지 않기

소탈하게 웃고

조급하게 생각하지 않기

무엇보다 애써 감정을 저울질 하지 않기

통증이라는
솔직함

어느 날 무심히 에곤 실레의 '이중 자화상'이란 이름의 작품을 보게 된 순간, 내 안의 두 개의 자아가 관통당하는 느낌을 받았다. 두 명의 사람이 같은 곳을 응시하고 있는 그림 속에서, 사뭇 상반되는 그 눈빛은 오늘날 나의 삶을 또렷하게 직시하고 있는 내면의 통증처럼 느껴지기도 했다. 실은 사람들은 모두들 한 몸에서 전혀 다른 두 개의 자아를 지니고 살아가는 건지도……. 두 개의 자아는 매 순간 자신들의 영향력을 확보하기 위해 스스로를 부정하고, 대립하며, 구별하려 애쓴다.

허나 규범적으로 정확하게 규정될 수 없는 것이 한 개인의 정체성이 아니던가. 실은 그 분열되어 있는 수많은 내부의 자아들은 모두가 하나같이 나의 일부이면서 나의 전부이기도 하다. 단지 분명하게 말할 수 있는 것은 '자기자신이 바라보는 나'와 '타인이 느끼는 나'는 다르다는 사실이다. 똑같이 '나'로 표현되지만, 내포하고 있는 의미마저 같은 것은 아니다.

그렇다면 '나는 누구인가?' 그 물음은 언제나 통증을 동반한다. 일생을 '인간답게 사는 것은 무엇일까?'라는 물음에 고뇌했던 작가 다자이 오사무는 자신이 죽음을 맞이하던 해, 마지막 작품 속에서 다음과 같은 문장을 남겼다.

[1]통증은 상처의 살아있는 감정이다.

그 말에 전적으로 동의하는 바이다. 동시에 오늘날 우리들에겐 그것만이 유일하게 살아 숨쉬는 감정인지도 모르겠다. 과연 삶에 아픔만큼 솔직한 감정이 있을까. 통증과 함께 전해지는 느낌들에는 거짓이 없다. 하물며 내가 스스로에게 연민을 느끼는 순간은 오직 고통 속에서만 찾을 수 있었다. 예컨대 스스로를 아프게 하는 사람들은 실은 스스로를 사랑하기 위해 발버둥치는 사람들이었던 것이다.

---

1 다자이 오사무, 인간 실격

왜 인간에게 통증이란 감정이 존재하는지 이제서야 깨닫는다. 오직, 그때만 가질 수 있는 시선들이 있기 때문이다. 사람은 몸과 마음이 부서지고 나서야 뒤늦게 자기자신에게 관심을 가지게 된다. 균열과 통증, 그 안에서만은 우리들은 정작 사랑해야 할 것에 대해 분명하게 안다.

통증은 상처의 살아있는 감정,

스스로를 아프게 하는 사람들은

실은 스스로를 사랑하기 위해 발버둥치는 사람들.

사물의
기억

그때 내가 진정으로 두려웠던 것은 이별 그 자체는 아니었다. 그 사람이 떠나고 난 뒤에 남겨질 그 모든 흔적들 때문에 나는 망설일 수 밖에는 없었던 것이다. 서로를 지나친 뒤에도 여전히 그곳에 남아 있는 것들, 사물의 기억, 습관의 의지, 눈 앞의 모든 속절없는 것들은 뜻밖에도 어처구니가 되어있다. 어디서부터 어떻게 정리해야 할지 모르는 산더미 같은 외로움, 곧이곧대로 와르르 쏟아질 것만 같다. 치울 수도 비울 수도 없는, 한때 나의 모든 것이었지만 공교롭게도 이제는 부질없는 것이 되어버린 아름답고 석연치 않은 시간들. 잘 지내란 말 끝에 물음표도 마침표도 찍어놓지 못했다. 한낱 인간의 사랑이란 일생의 비문과도 같아서 가엾다는 말로는 이해받지 못해 되레 외면당해야 했던 것일까. 성립될 수 없는 문장처럼, 당신이 내 곁에 없다. 사랑은 시린 모순의 잉태는 아닐까. 사물은 기억을 소유하고 사람은 감정을 허비한다. 절뚝거리면서 다만 그 모든 것이 희미해져 갈 뿐이다.

의식의
끄트머리

의식의 끄트머리에 있는 소실된 감정들.
[1]우리는 너무 많이 생각하고 너무 적게 느낀다.
고독의 추이를 따라 걷다 보면
어느새 어떤 기억, 어떤 단어, 어떤 느낌들의 근방에서
말없이 서성이는 나를 발견한다.

외로움을 모른다는 말은 향기마저 없다는 뜻일까.
아무도 없던 곳에서 우연히 마주친 것은
무심히 흩날리던 나의 마음이었다.
유리 창에 모락모락 성에가 피어 오르던 그때
그 창백하게 굳은 공기를 들이마시며
문득 깨달은 것이 있다면
어느새 그렇게 슬프지도 그렇게 행복하지도 않다는 것.
다행스럽다고 말해야 할까.

---

1 찰리 채플린.

잘 모를 땐 보통 그냥 걷는다.

답을 찾기 위해서는 아니다.

가만히 있으면 흐릿하게 지워져 버릴 것 같은

불안으로부터의 도피인 셈이다.

뜨거운
여름밤은 가고

한남동 어느 조용한 골목길을 걷다가, 예정에 없던 소나기로 인해 얼른 근처에 있던 카페로 걸음을 옮겨야만 했다. 아직 스며들지 못해 반짝이던 물방울들을 털어내자, 이내 진한 노래 한 소절이 나를 반겨주었다.

[1]그땐 난 어떤 마음이었길래, 내 모든 걸 주고도 웃을 수 있었나. 그대는 또 어떤 마음이었길래, 그 모든 걸 갖고도 돌아서 버렸나.

문득, 비가 내리던 날, 그 사람과 처음 우산을 쓰고 걷던 걸음들이 떠올랐다. 한 걸음 내딛을 때마다 비는 더 심하게 쏟아졌지만, 우리는 뛰지 않았다. 아니, 뛰고 싶지 않았다. 마주 닿은 어깨, 시시콜콜한 이야기들, 말갛게 묽어진 손등과 낮은 음성들, 낯설고 뜨거운 입김이 공기중으로 차츰차츰 고개를 숙일 때, 내 소매 끝자락을 만지작거리며 피어나던 옅

---

1 잔나비, 뜨거운 여름밤은 가고 남은 건 볼품없지만

은 웃음이 사뭇 어려온다. 시선이 부딪힐 때 괜스레 붉어지던 당신의 얼굴로 말미암아 가슴에는 선명한 파문이 인다. 나는 그 순간에 속한 모든 미장센을 사랑한다.

내게 남은 것은 저 유리문을 겉돌며 희뿌옇게 흐려지던 그리움이 전부라 해도, 차마 그날의 기억은 다른 무엇과도 섞이지 않는다. 뜨거운 여름밤, 그 희석되지 않는 마음을 앓다가 모처럼 때아닌 소나기로 넘쳐흐른다. 그리운 기척이 포화상태에 이르듯, 가슴 안에는 당신이란 사람이 마구 휘몰아친다. 손아귀에 들려있던 유리잔 표면으로 시린 물방울이 맺힌다. 문이 열렸다 닫힐 때마다, 젖은 머리칼은 흩날린다. 어느새 시간이 이렇게 흘렀다. 당신이란 사람을 만나고, 사랑하고, 그리워하게 되었다. 여름밤의 열기는 식어가며 길 잃은 나를 달랜다. 당신을 사랑했다. 까닭은 모르겠다. 쏟아지는 소나기에 무의식적으로 내달렸던 걸음처럼, 나 또한 당신이란 사람을 찾아 달리고 또 달렸을 뿐이다.

당신과 나는,

여전히 빗속을 걷는다.

희석되지 않는 그리움으로,

동요하지 않는 마주침으로,

흔들리지 않는 과거형으로.

겨울에
피는 꽃

　어제는 시집을 읽다가 진하게 밑줄을 그었다. [1]우리들의 사랑은 한낱 벙어리였다. 하면 우리들은 무엇으로 마음을 느끼고 마음을 전하였는가. 실은 간간히 내리는 이 눈발은 누군가의 가슴 안에 고여있던 쓸쓸한 기운은 아니었을까. 대부분은 아주 잠깐 내려앉았다가 수그러든다. 아무런 말도 없이.

　촉촉하다는 생각이 들 참이면 이미 녹아버리고 마는 것. 사랑도 사람도 그렇게 무성한 의문으로 남을 뿐이다. 사라져 버린 곳은 이내 텅 비어 버리고, 애처로운 마음의 보푸라기들은 자꾸만 피고 또 피어 오를 뿐. 털어도 털어지지 않아서, 겨울의 꽃은 간혹 희미한 전류에 향기도 없이 불쑥 기억을 담아온다.

　옷깃을 여미며 나아가야지. 우리들의 사랑은 한낱 벙어리였다. 무성한 표현들로 무언의 고백들로 우리는 도대체 무엇

---

1 윤동주, 하늘과 바람과 별과 시

을 말하고 싶었던 것일까. 그 덕분에 웃었고, 그 덕분에 참 많이도 울었다.

초석

소위 '인생은 바둑과도 같아서……' 라는 비유들처럼 숫제, '삶'이라는 단어는 바둑판 위에서도 존재한다. 바둑에서의 삶은 사전적 의미로 돌모양의 살아 있음을 정의하는 말이다. 한자어로 활活이라고도 불리우는데, 삶은 돌이 [1]반상에 존재할 수 있는 조건을 갖춘 상태를 뜻한다. 바둑 규약에 의하면 그 조건은 다음과 같다.

첫째, 독립된 두개 이상의 [2]집을 갖고 있는 모양.

둘째, 후수로 [3]착수해도 독립된 두개 이상의 집을 확보할 수 있는 모양.

셋째, 잡혀 있는 상황이기는 하나 상대방이 따낼 수 없는 상태.

이와 같은 조건 중에서 한가지만 해당되어도 삶으로 규정되며, 따라서 삶을 확보한 돌은 더 이상 상대방의 [4]공격 목표

---

1 반상 : 바둑판의 위

2 집 : 자기 돌로 에워싸서 상대편 돌이 들어와 살 수 없는 빈자리. 영토(領土)

3 착수 : 바둑판에 바둑돌을 번갈아 한수씩 두는 것.

4 공격 : 상대방의 미생마를 잡을 듯이 몰아가거나, 또는 그 주변에서 위협을 가하는 일.

가 되지 않는다.

　이제 '인생은 바둑과도 같아서……' 그 비유를 삶의 현장에 내려놓아 보자. 삶, 오직 나만을 위한 빈 공간을 지니고 있다면 우리는 그 첫째 조건을 확립하는 것이다. 또한 삶, 뒤늦게 수를 두었다고 해도 영토를 지켜낼 수 있다면 우리들은 그 두 번째 조건 역시 갖추게 된다. 마지막으로 삶, 어찌할 수 없어 묶여 있다 하여도 결코 빼앗기지도 무너지지도 않을 나의 영역을 지니고 있다면 우리는 그 세 번째 조건 마저 충족하게 된다. 그 중 한 가지만 해당되어도 우리들은 나만의 삶을 확보한 인물인 셈이다.

　그러니 소위 인생이 바둑과 같다면, '삶'의 조건을 갖춘 이상 누구도 그 공간을 허물 수는 없다. 바둑의 경기에는 비록, 승패가 갈리지만 그 속에는 결코 승자도 빼앗을 수 없는 각자의 삶이 있는 것이다. 인생은 이기고 지고의 문제는 아니다. 나의 삶을 갖추었는가 그러지 못하였는가의 문제일 뿐. 그렇다면 삶이라는 빈 공간은 무엇을 의미하는 것일까. 그것을 갖추기 위해서 우리는 어떠한 수를 두어야 할까. 나는 그 해답이 확률이 아닌, 결의^{決意}에 달려있다고 믿는다.

결의, 자신에게 가장 고유한, 그 본연의 자세를 향하여 불안을 각오하면서 말없이 스스로를 투기^{投企}하는 것. 불안을 각오하면서 내 본연의 자세를 향해 나아가는 것, 그것이야 말로 군건한 삶의 초석이 아니던가.

우리들 자신에게 물어야 한다.
정작, 중요한 것이 무엇인지를.

인생은 이기고 지고의 문제는 아니다. 나의 삶을 갖추었는가
그러지 못하였는가의 문제일 뿐. 자신에게 가장 고유한,
그 본연의 자세를 향하여 불안을 각오하면서 말없이 스스로를
투기投企하는 것. 불안을 각오하면서 내 본연의 자세를 향해
나아가는 것, 그것이야 말로 굳건한 삶의 초석이 아니던가.

확률에 국한되지 말고, 통계를 초월하자.

천년만년을 살아도, 내 삶의 의미를 잃어버린다면
그 시간들이 다 무슨 소용이겠는가.

정체 모를 건강 음료를
마시는 기분으로

잠들기 전이면 가끔 그런 생각이 든다. '나도 누가 보면 되게 이상하고 미련한 사람쯤으로 보일 수도 있겠지?' 실제로 나는 다음과 같은 말을 들은 적이 있다.

"조금 더 장기적인 목적을 가지고 살아봐. 몇 살 때까지 얼마는 모으고, 무슨 문학상을 타고, 뭐 그런 거 있잖아……."

나로서는 확인할 길이 없지만, 그때 내 얼굴은 아마 한 컵 가득 담긴 정체 모를 건강 음료를 이제 고작 한 모금 마신 사람의 표정 같았을 거다. 물론, 무언가를 성취하고자 하는 에너지가 삶을 살아가는 큰 활력소임을 부인할 수는 없겠지. 헌데 굳이 그런 걸 구체적으로 수치화하지 않더라도 매순간 나름대로의 살아가는 재미를 느끼고 있다면 그 또한 바람직한 삶이 아닐까.

적당히 느슨하게 살아가는 기쁨도 한편으론 온전한 삶의 사명인데 말이다. 요즘은 모든 게 너무 미래지향적이다. 행복의 정의가 심히 왜곡되어 있음을 느낀다. 미래가 현실을 좀먹고 있다랄까. 그것이 오히려 우리의 일상을 권태로 몰아가고 있다는 기분이 들기도 한다. 아무것도 하지 않고 멍하니 창 밖을 내다 보는 시간, 누군가에겐 나태함으로 보이는 그 시간이 내게 있어선 평온함이다. 나의 마지막 고요는 언제였던가? 바로 떠오르지 않는 걸 보면 꽤나 오래된 이야기 정도로 해석해도 무방하겠지.

나로서도 시간이 남아돌아 매일, 커피를 마시면서 이런저런 생각으로 하루를 보내는 것은 아니다. 그 시간들은 남아도는 시간이라기보단 꼭, 필요한 거라고 말하고 싶다. 예컨대 비가 올 때 마라톤을 한다든지, 서점에 가서 남들이 하는 이야기를 엿듣는다든지, 봤던 영화를 계속해서 또 본다든지, 비록 누군가에겐 이해되지 않고 때로는 미련하게 보일 수도 있는 행동들이지만, 내게는 너무나 소중한 일인 것이다.

누워있던 몸을 반대편으로 옮기며 나는 다시 생각한다. '이런 식이라면 앞으로 사람들은 나를 더욱 괴롭힐 거야. 쓸 만한 대답 하나쯤은 생각해 두는 게 좋겠어.' 그래서 종종 다음과 같은 말을 하는 것이다. 물론, 한 컵 가득 담긴 정체 모를 건강 음료를 이제 고작 한 모금 마신 사람의 표정으로.

"아! 장기적인 목표! 저한테도 있어요. 작은 서점을 운영할 거예요. 거기에서 소설도 쓰고 가끔 방문하는 손님에게 직접 커피도 내려 줄 거예요. 비록, 공짜는 아니겠지만……. 그리고 행복한 가정을 꾸려서 매일을 선물처럼 살고 가끔씩 나태한 생활의 기쁨도 누리는 그런 삶을 살 거예요. 그리고 가능하다면 글을 쓰다가 눈을 감고 싶어요."

이름 모를 해변에
앉아있는 동안

아마도 누구에게나 선명하진 않지만 잊혀지지 않는 기억이 있을 것이다. 내게는 그 이름 모를 해변에서 앉아 있었던 얼마간의 시간이 바로 그것이다. 언젠가 나는, 세상과의 단절을 위해서 어느 외딴 섬의 해변에 앉아, 말없이 파도의 움직임을 바라보고 있었다. 구태여 시간이 얼마나 흘렀는지 고민하고 싶지도 않을 만큼 정적이고 무기력하게. 어느새 수면의 얼굴이 붉게 물들어갈 때 즈음, 예기치 못한 비가 쏟아져 내려왔다. 문득, 어떤 이유에선지 움직이고 싶지 않았다. 만약 여기에서도 도망쳐 버리면 내 삶이 이 수많은 빗방울들처럼 덧없이 흩어져 버리고 말 거라고 생각했는지도 모른다.

그때 만큼은 나는 울지 않았다. 옆에 있던 작은 조약돌 하나를 한 손에 잡고는 있는 힘껏 움켜 쥐었을 뿐이었다. 아마 누구도, 내가 그 수많은 빗방울들 사이에서 삶의 남은 부분을 부둥켜 안으려 안간힘을 쓰고 있었다는 사실을 알지 못할 것이다.

그럼에도 나는 분명 그곳에 있었다. 그저 조용히 수면아래로 가라앉고 있음을 느끼고 있었다. 그 해변에서 바라본 젖은 노을의 시선을 잊지 못한다. 어쩌면 그 조그마한 돌맹이 만큼의 무게에 내 온 마음을 담아내고 있었는지도 모른다. 허나 그 볼품없이 작은 돌의 온도와, 촉감과 해수면에 부딪히며 뱉어낸 조용한 한숨을 잊지 못한다. 시린 입술을 꽉 깨물고, 젖은 머리칼을 툭툭 털며 마음에도 없는 괜찮다는 말을 몇 번 소리 내어 말했던 나를 기억한다.

끝내 쥐고 있던 돌을 있는 힘껏 바다로 던져버렸을 때는 이미 비가 그치고 난 뒤였다. 그때 파도의 곁으로 떠밀었던 조약돌의 행방은 여전히 묘연하지만 나는 온전히 그것의 울림을 기억하고 있다. 압력으로 인해 노랗게 물들어 있던 손바닥에 붉은 핏기가 다시금 스며들며 찌릿한 전류가 흘렀다. 그 순간에 '다시 한 번' 이라는 마음을 품고서 그럼에도 뒤를 잇는 어떤 단어들은 차마 발음할 수 없었다.

돌아보지 않으려 했지만 몇 걸음 걷다 이내 고개를 돌려 멀리 일렁이고 있는 파도를 바라보았다. 사랑했던 것, 꿈꿔

왔던 것, 끝내 놓을 수 없어 가슴에 담아두고 있던 단단하고 시린 나의 마음들이 고요한 파도 그 어디쯤을 헤엄치고 있을지 떠올려 보았다.

온전히 내 삶을 사랑하고자 하였지만 삶은 내게 그 작은 자유를 쉽사리 허락해 주진 않았다. 좀처럼 이 세계 속에서 나라는 인식의 주체는 무엇을 위해 살아가고 있는 것일까. 그 물음에 대한 답을 깨닫고자 지금껏 달려왔지만 돌아보면 발이 닿지 않는 깊은 삶의 그늘 아래서, 숨가쁘게 뒷걸음질만 해왔는지도 모른다. 허나 그날 만큼은 나는 울지 않았다. 도망치지도 눈을 질끈 감지도 않았다. 아마도 사람이라는 존재는 사는 동안 몇 차례 그렇게 누구도 알 수 없는 곳에서 다시 태어나는 것 같다.

비로소
詩

그리움이 현실을 갉아먹을 때 느껴지는 그 향이 좋은 거야. 오래된 책처럼 기억을 한 장 한 장 넘길 때 느껴지는 어렴풋한 먼지 냄새가 사무치도록 깊이 내려앉았던 거야. 공기 중에 홀연히 떠다니는 그 무언가처럼 눈으로는 확인할 수 없지만 여울처럼 가파르게, 조용하지만 인색하지 않게, 가슴을 두드리던 그 소리들, 사려 깊은 의식의 파편들.

그날 이후로 경험하는 모든 일들이 은유적인 수사학으로 나열되곤 해. 단순한 감정의 장식이 아니라, 기존의 언어로서는 도저히 감당할 수가 없는 마음을 전하기 위함인지도 몰라. 갇혀있던 나를 환기시켜주던 유일한 창, 그것을 경험하지 못했다면 나는 이 독백을 고루 전할 수가 없었을 테지.

가끔은 현실에도 탈출구가 있어야 하기 마련이고, 마음에도 환기가 필요한 법이잖아. 그때가 되면 의식의 흐름을 부디 너라는 경계에 매듭지어 놓고 발음하곤 해. 그러면 비로소 시詩가 되는 거야. 기억의 언저리에서 우리는 아련한 무늬가 되고 그 무엇도 아니었을 지금 이 순간은 내가 존재하는 유일한 의미로 빛을 발하지.

그러면 비로소 시詩가 되는 거야.

낮잠

[1]"아내가 안됐어. 몽상가랑 살잖아. 그런 경우엔 늘, 한 사람은 불행한 법이야."

가끔 영화를 볼 때면 어떤 대사 한 줄이 가슴 속으로 너무 깊이 사무치곤 한다. 엔딩 크레딧이 다 올라가고 극장 안의 불빛이 다시 환하게 밝아진 와중에도 그 느낌은 사라지지 않는다. 몽상가의 아내는 늘 불행한 법일까. 정말 그럴까? 나는 가끔 스스로에게 묻는다. 그녀와 사랑하는 동안 내가 지나치게 깊은 꿈을 꾸고 있었던 것은 아닐까. 때문에 그녀가 그런 나를 보며 힘들어 하진 않았을까. 어쩌면 나는 무의식적으로 그녀가 나를 이해해 주기만을 강요했을 수도 있다. 그녀를 일방적으로 내 꿈에 초대해서 가두어 둔 것인지도 모른다. 오직, 나의 행복을 위해 말이다.

기억이란 것은 참, 간사해서 시간이 갈수록 정확하지 않고

---

1 영화 플립

아름다운 방향으로 변해간다. 지금에 와서야 그녀를 생각하면 미소가 번지지만, 우리가 헤어진 사실로 미루어 볼 때 서로의 마음에는 분명 지독한 상처가 남았을 것이다. 그런 생각이 들 때면 내 얼굴엔 먹구름이 잔뜩 끼곤 한다. 나는 그 사람에게 자랑스러운 연인이었나. 알맞은 사랑의 양과 정확한 관심의 방향을 추구했었나. 쉽사리 확신이 들지 않는다.

실은 나의 사랑은 이기심으로 엉망이 되어버린 게 아닐까. 사랑하면서 줄곧 나의 영역에 대한 권한은 양보하지 않으려 했던 것이 아닐까. 내게 사랑은 깨어 있으면서 꾸는 꿈과도 같았다. 돌아보면 낮잠에서 막 깨어난 듯, 먹먹하기만 할 뿐. 당시에 나는 사랑에 갇혀 내가 부재하고 있다고 생각했었고, 이별을 고하는 순간이 진정한 나를 되찾는 과정이라 믿어보고 싶었다. 그러나 실상은 그 반대였던 것이 아닐까.

그녀는 내가 기억하는 가장 달콤한 꿈이었다. 비록, 나는 그 꿈에서 깨어나고 말았지만, 어찌됐든 내게는 이 갇힌 세상에 그 사람이라는 단 한 명의 탈출구가 있었다. 그 문을 두드리고 마침내 열리는 장면을 목격했을 때 아주 짧은 순간이었지만 나는 진실로 행복했다. 나는 늘, 자유롭고 싶었으나 돌아보면 그녀만이 내게는 가장 순수한 해방이었던 것이다.

그 순간에

　사랑은 그 순간에 있을 수도 있고 여기에 머무를 수도 있고 어딘가에서 나를 기다리고 있을 수도 있지요. 오늘은 아니지만 그날엔 그랬을 수도 있고 비록 지금은 아니지만 내일은 그럴 수도 있어요. 그러니 오늘 아니라고 해서 그날의 감정이 틀린 것이 아니며, 지금 아니라고 해서 언제까지나 아닌 것으로 있을 이유도 없는 것 같아요. 사랑은 불가능한 사유가 아니라 그저 불가항력의 감정일 뿐이지요. 애쓴다고 되는 일도 아니고, 외면한다고 해서 사라지는 것도 아니지요.

　그러니 사람의 마음이라는 것은 결코 무리해서 읽을 필요가 없는 것입니다. 의식하지 않아도 때가 되면 이미 느끼고 있을 테니까요.

소설이
끝나고

    카페에서 우연히 독자를 만나게 되는 것은 작가가 경험할 수 있는 또 하나의 기쁨이다. 작품을 낳고 독자의 눈에 닿은 (구태여 나는 '낳다'와 '닿다'의 단어들로 표현하고 싶다.) 뒤로 읽는 이의 마음과 생각이 언제나 긍정적인 방향으로만 흐르는 것은 아니기 때문에, 갑작스럽게 만난 자리에서 작품이야기를 한다는 것이 내게 다소 부담스러운 느낌으로 작용할 때도 있다. 허나 책을 좋아하는 사람들은 마음이 넓은 편이다. 대부분의 경우 독자들이 나를 배려해 주고 있음을 느낀다.

    그러니까 실제로 작가를 만나서 작품에 대해 아쉬운 말을 한다는 것은 그 작품이 '정말로 너무 별로다.'라고 생각하지 않는 한 드문 경우일 것이다. 하루는 자주 가는 카페에서 오랜 만에 눈에 익은 독자를 만났다. 나는 이번에도 잘 읽어 주셔서 감사하다는 말과 함께, 얼른 책 이야기가 아닌 다른 내용으로 화제를 전환하려 했다. 그러나 그 순간, 불쑥 들어오는 질문은 나를 숨길 수 없는 기쁨으로 가득 차게 만드는 것이 아닌가.

"있잖아요. 작가님. 근데, 철학의 나무는 어떻게 된 거예요?"

사람들은 흔히 소설의 마지막 페이지를 읽고 나면 그 이야기가 끝이나 버렸다고 생각하곤 한다. 그리곤 '재미있네, 재미없네' 따위의 단순한 감상에 그치며 진짜 읽어야 할 것은 읽지 않고 그냥 지나치기 일쑤다. 허나 책을 읽는다는 행위의 진정한 시작은 책을 덮은 뒤가 아니던가. 그때부터가 진짜 '읽기'다. 드러나지 않은 인상들을 읽어 내고, 그것이 나의 삶에 어떤 느낌으로 다가오는지 시간을 충분히 할애하여 읽어 내려가야만 한다. 독서의 피날레는 내 안에서 생각하는 힘, 그것이 없다면 감히, '다 읽었다.'라고 말할 수 없는 법이다.

그러한 의미에서 지금 철학의 나무의 행방에 대해 궁금해하고 있는 한 명의 독자는 매우 특별한 의미를 지닌다. 몇 개월 전에 출간된 소설 〈쓸모 없는 하소연〉. 이미 결말을 확인한 소설, 그 속에 등장하는 나무 한 그루의 근황을 묻는 질문속에서 나는 숨길 수 없을 만큼 들뜬 기분을 느꼈다. 그러니까 그 사람은 여전히 읽고 있는 것이다. 페이지라는 공간적인 제약에서 벗어나 자신의 세계 속에서 그 작품을 해석하고 있는 것이다. 나는 그토록 성실한 능력을 지닌 독자에게, "그건 다음 책 속에 꼭 적어둘 게요." 하고 약속을 했다. 그리고 지금, 다소 늦었지만 여기에 그 약속을 실천으로 옮기고자 한다.

철학의 나무는 날카로운 톱날이 제 가슴 깊숙이 들어설 때까지도 누군가를 기다리고 있었다. 자신이 더 작은 바람에도 하염없이 흩날리곤 했던 시절에 그에게 작은 버팀목이 되어주었던 어린 소년을 떠올리고 있었다. 철학의 나무는 지금쯤이면 그가 흙으로 돌아갔다는 사실을 아마도 어렴풋이 느끼고 있을 지도 모른다. 인간의 삶은 나무의 생애보다 다소 짧은 기간으로 이루어져 있다는 것을 현명한 나무가 모를 리 없었기 때문이다. 그는 논리적으로 사고하는 나무였으나, 그 어린 소년을 다시 한 번 만날 수 있다는 희망만은 꺾지 않았다. 아마도 그것이 그가 500년 동안 한 자리에서 거친 비바람과 세월의 흐름에 꺾이지 않을 수 있었던 이유였을 것이다. 끝내 철학의 나무는 몸이 여러 갈래로 쪼개져 어딘가로 운반 되었다. 그것이 내가 기억하는 나무의 마지막 모습이다.

하지만 내게는 또 다른 물음이 생겼다. 나무가 여러 형태로 갈라지고 쪼개졌다고 한들 그의 마음과 신념마저 꺾여져 버린 것일까? 그것에 대해서만은 나는 말을 아끼고 싶다. 여기까지가 내가 알고 있는 아직 끝나지 않은 소설의 이야기다. 그 이후의 내용은 그대들의 상상에 맡기는 것도 모처럼 좋은 경험으로 남을 거라 믿는다. 충분한 답변이 되었는지는 모르겠으나, 나는 그 독자분에게 말해주고 싶다.

이제 당신은 세상에서 유일한 한 권의 소설책을 가지게 된 것입니다. 나로서는 소설이 여전히 끝나지 않았음을 전할 수 있어서 더할나위 없이 기뻤습니다. 다시 한 번 책을 덮은 뒤로도 이야기를 곱씹어 사유해준 당신에게 감사의 뜻을 전합니다. 장담하건대 문학이란 것은 책의 공간 속에 갇혀 있지 않고 우리 삶의 영역으로 범위를 확장할 때 비로소 아름다운 의미를 지닙니다. 지금 당신의 손아귀에 들린 이 작은 책 한 권 역시도 마찬가지겠죠. 부디, 우리 모두가 경계를 너머 세상에서 유일한 책 한 권을 가슴에 품을 수 있기를 바랍니다.

10년

10년 뒤 오늘의 나는 어떤 사람이 되어, 어떤 삶을 살고 있을까. 계속 글은 쓰고 있을까. 그렇다면 마감일에 늦지 않아야 할 텐데. 사실, 늘 늦지 않기 위해 살아가고 있는 나날들이지만 그렇다고 무언가에 쫓기듯 떠밀려 가는 삶은 아니기를 바란다. 한 작품, 한 작품, 글을 쓰고 책을 만들면서 더불어 늘어가는 부담감에 지지 않는 방법은 역시나 '성실'이라고 하는 나만의 무기일 것이다.

부지런히, 늦지 않게, 나만의 기준에 부끄럽지 않은 사람으로 살아가야만 할 테지. 10년 뒤, 오늘의 나. 좋아하는 사람이 있을까. 그 마음 역시 늦어버리지 않게 전해져야만 할 것이다. 자주 놓치고, 자주 후회하는 나로서는 더는 늦지 않는 것만이 가장 덜 서운한 삶을 살아내는 비결일 테니까.

이상하게 요즘은 괜스레 외로운 마음이 들지만 그렇다고 해서 마냥 그 느낌이 슬프지만은 않다. 10년 뒤에도 그럴까. 시간이 흘러서도 같을까. 그냥 어쩔 수 없는 것이구나 하고 연연해 하지 않는 경우가 늘어가는 중이다.

어찌 됐든 세월의 흐름으로부터 독립할 수 없다면 그 안에서 모쪼록 즐겁게 살아가길 바라는 마음이다. 간만에 마주친 사람들로부터 '여전하네'라며 미소를 건네 받을 수 있는 내가 되기를, 10년의 시간 동안 지금 보다 솔직하고 친절한 사람으로 성장해 있기를 바란다.

눈을 감기 전에, 어김없이 머릿속으로 그려보는 나의 미래. 낮도 밤도 아닌 그저 그런 시간 어디쯤에서 나는 얽히고 설킨 마음의 희미한 윤곽들을 쓰다듬는다. 부지런히 일하고, 성실하게 사랑을 표현할 수 있는 내가 되자.

불안함으로 인해 길을 잃어버리지는 말자.
전제가 진실하다면 결론에도 거짓이 없어야만 한다.
미래여, 보란듯이 타당한 현실이 되기를.

마음과 행동이
비례하는 일

[1]"사랑은 사랑받을 자격이 있다는 자신감에 기초하여 생겨납니다. 다만, 사랑받을 자격이 있다고 자신할지라도 사랑할 자격이 없는 이도 있지요."

이미 공식적인 관계라고 할 지라도, 사랑받고 있음에 대한 근거를 갈구할 때가 있다. 지나는 말이나 작은 행동들에 의미를 부여하고 그 뒤로 숨어서 작아진 나를 애써 모른 척 해보기도 하고……. 어찌됐든 사랑은 현재진행형이니까, 과거의 기류가 전적으로 오늘의 마음을 좌우해서는 안된다. 허나 돌이켜보면 어떤 이유나 조건의 충족으로 마음을 확인하고자 하는 행위가 얼마나 가여운 일인지에 대해서도 깨닫는다.

보다 정확하게 말하자면 그건 서로에게 아픈 일이다. 사랑에 있어 믿음의 근거를 무작정 상대에게 떠맡기려 했던 한때의 이기심과 그렇게라도 하지 않으면 멀어져 버리고 말 것

---

1 나쓰메 소세키

같다는 두려움 속에서 우리들은 쉬이 길을 잃는다.

　충분히 사랑받는 것과 충실히 사랑하는 일. 둘 중 하나만 부족해도 완전할 수 없는 것이 사랑이지……. 어쩌면 그 안에서 균형을 잡으려는 마음 자체가 지나친 욕망인지도 모르겠다. 사랑, 마음과 행동이 비례하는 일. 역시나 어렵고 멀다. 허나 그렇다고 해서 마냥 외면 할 수도 없는 노릇이 아닌가. 당연하게 생각하지 않고, 자만하지 않고, 상대의 온화함에 충분히 감사함을 느끼는 것.

　어찌됐든 마음에 대한 최소한의 예의는 갖추어진 상태로 진행되어야 한다.
　자격이 없는 상태에서는 믿음도 없을 테니까.

오직,
나만의 것

아픔은 상대적이고 느낌은 개인적이다. 그러니 같은 상처를 겪어 봤다고 해서 모두의 아픔이 똑같은 것은 아니다. 하물며 모든 상처가 아물어 가는 방식은 저마다 다르기 때문에 주변의 상황과 나의 상태에 따라 처방과 대처도 달라져야만 한다. 특히 감정에 관해선 '항상'이란 단어가 통용될 수 없음을 인지하면 좋을 것이다. 헤어짐도 마찬가지, 그것은 결코 일반화 할 수 없는 영역이 아니던가.

당신의 이별은 오직 당신만의 것.
다른 이들은 모른다.
나의 눈물은 오직 나만의 것.
아무도 모른다.

인연이라는
말

　한남동을 걷다가 언뜻 근처 전봇대에 '사랑을 찾습니다'라
는 종이가 붙어있는 것을 봤다. 처음에는 사람을 사랑으로 잘
못 읽었나 생각이 들었지만 다시 가서 확인해보니 영락없는
사랑이었다. 거기에 자세한 설명은 쓰여있지 않았고 1964년
에 연락이 끊긴 자신의 사랑을 찾는다는 짧은 내용이 담겨있
었다. 그 인연은 어떤 것이었길래, 수십 년이 지난 지금에서도
사랑을 찾아 헤매는 것일까. 나는 그 글을 보고서 피천득 작
가님과 그의 첫사랑 아사코와의 인연을 떠올렸다.

　열일곱의 피천득은 동경에서 하숙 생활을 할 때, 처음으로
옆집 초등학교 1학년 여자애 아사코를 만났다. 작고, 하얗고,
웃는 모습이 예쁜 아이, 헤어질 때, 아사코는 아쉬움을 감추
지 못하며 그의 볼에 입을 맞추어 주었다. 그후 10년이 흘러
봄이 되던 때, 둘은 두 번째로 만났고 아사코는 어느덧 처음
두사람이 만났을 적 피천득의 나이 정도로 성장해 있었다.
헤어질 때엔 가볍게 악수를 나누었다. 목련꽃과도 같은 만남
이었다. 그리고 다시 10여년이 흘러 피천득과 아사코는 세
번째로 만나게 된다. 이번에는 서로 절을 몇 번씩 하고는 악

수도 없이 헤어졌다. 피천득은 작품 속에 세 번째는 아니 만났어야 좋았을 것이라 적어 두었다. 그것이 두사람의 마지막 만남이었다.

인연이라는 것은 무엇일까. 도대체 뭐길래 사람을 끌어당기고 마음을 헤집어 놓고 평생을 그리워하게 만드는 걸까. 내게도 분명 나만의 아사코가 있다. 그 사람은 나의 가장 소중한 독자이며, 나의 가장 가까운 친구인 동시에 나를 가장 잘 알아주는 사람이었다. 허나 현재 우리가 사랑을 하고 있는 것은 아니다. 간간히, 그리움의 중심에 서로의 모습이 아련하게 떨려올 뿐.

마음이 몹시 위태로워 스스로의 힘으로 아무 것도 하지 못할 때, 그 사람의 존재는 내게 다시 글을 써야 할 의미가 되어 주었다. 내 손등을 살포시 두드리며, 언젠가 혼자가 되는 날에도 나 스스로 마음을 다독여 주어야 함을 한사코 바래주었다. 긴 우울의 밤에서 내게 새벽의 이슬의 반짝임을 알려준 사람. 비록, 하루의 시간 중 동이 틀 무렵의 경계는 매우 짧은 것이고 우리의 긴 삶에서 서로 마주보던 때는 아주 잠깐에 불과했을지 모르겠지만 그럼에도 고마운 사람. 인연, 처음부터 계획한 것 같지만 그저 운명이었던 관계. 억지로 만들어서는 결코 이루어질 수 없었을 만남.

'사랑을 찾습니다'라는 문구 앞에서 한참을 생각에 잠긴 날이었다. 속으로는 누군가에게 편지 한 구절을 쓰고 있었는지도 모른다.

여전히 기억합니다. 입김이 모락모락 흐드러지게 피던 날, 오래된 책 냄새가 스물스물 피어오르던 카페에 앉아 물끄러미 바라만 보고 있던 시간을. 따뜻한 홍차를 두 손으로 안고서 은은하게 피어 오르던 뜨거운 김이 그 입술 언저리 즈음에서 흩어지던 장면을. 그날 우리는 한동안 입을 열지 않았지만, 어느때보다 서로를 더 위하는 듯 느껴졌습니다. 당신이 있어, 나를 사랑하는 법을 배웠고. 당신을 배웅하며 타인을 사랑하는 방법을 배웠습니다. 나를, 나라는 사람을 인정해 주어서 고맙습니다. 부디, 다른 사랑 다른 아픔으로 기쁨

에 취하고 눈물로 호소하는 날에도 가끔씩, 그 세월의 틈에
조그맣게 남아있는 진심의 향연은 남겨두기로 합시다.

억지로 만들어서 되는 것은 아니지.

끼워 맞춘다고 해서 딱 떨어지지 않는 거야.

계획한대로 다 된다면야

그렇게 애틋할 수 있었을까 싶은 거지.

이제와 생각해보면 운명이야 그건.

사랑했다면 인연의 무게를 짊어지고 살아가야지.

사랑했다면 그에 합당한 업을 평생 가슴에 품고 살아가야지.

우리는 그날 한동안 조용히 바라만 보고 있었지만

어느때보다 많은 대화를 나누고 있었던 거야.

내 청춘 다 바쳐도 아깝지 않은 사람

고마운 사람.

그 이름

인연.

한소절

　슬픔이란 이름의 허밍. 입술을 가볍게 다물고 주변에 고인다. 정확하게 읊어지지 않고 스쳐 지난다. 가슴 속에 나열만 해도 은유가 되는 단어가 있다면 우리는 그냥 슬픔을 공유하고 있다고 치자. 뒷모습, 포옹, 손등, 다소곳이 침묵으로 일관하는 입맞춤 속에서 우리들은 닿아있음에 대한 그리움으로 넌지시 닮아간다. 사랑한다는 것만큼 슬픈 열대야도 없지. 잠들지 못해 뒤척이는 몸짓에 서러운 이슬이 맺힌다. 날지 못해 지표면을 표류하는 고온다습한 한숨처럼, 오직 당신을 위한 한소절이 새벽을 지난다.

　사랑도 꽃처럼 자연히 지게 되면 좋으련만.
　슬픔이란 이름의 허밍,
　제 철을 잃고 따끔거린다.

호시절

살아가면서 점점 인생에 큰 반전 같은 건 없다는 사실을 인정하게 된다. 조금은 시시한 영화처럼, 이야기가 다 예상될 법한 방식으로 흘러가는 기분이랄까. 끝 무렵으로 갈수록 폭은 좁아지고 단순해지는 것이 삶의 법칙인 걸까. 아마도 시간을 돌릴 수 있다면, 조금 더 젊은 시절의 나로 돌아갈 수 있다면 우리는 한시적이지만 지금 이 무료함을 달랠 새로운 시도를 모색해 볼 수도 있을 것이다.

다만, 생이 아플 수 밖에 없는 이유는 답을 알게 되었을 땐 이미 많은 것들이 지나가 버린 뒤라는 것이다. 우리는 그렇게 제출하지 못한 답안지를 가슴 속에 품고서 살아간다. 더는 무위한 정답들로 애처로이 자기자신을 위로하면서……

허나 마음 속에 빈칸을 줄인다고 해서 내 삶이 정교해지는 것은 아니다. 더는 새로울 것이 없다고 해서 나의 하루가 따분해졌다고 말할 수 있을까. 그 물음에 대한 답 역시 아직은 미지수라고 말하고 싶다. 감정의 거품이 조금씩 시간에 의해 수그러들 때 그 안에서 드러나는 것이 어떤 의미로 다가올지 우리는 알지 못한다. 지금 이렇게 내 삶이 덧없이 홀러가는 바람처럼 느껴질 지는 몰라도 또 세월이 흘러 오늘은 평온했던 한 때의 행복, 무엇과도 바꿀 수 없는 호시절로 기억될지도 모를 노릇이다.

　중요한 것은 무위無爲는 결코 무의미를 뜻하지 않는다는 사실이다. 공백의 시간이 없이는 온당한 추진력을 얻기 어려운 것이 삶의 맥락이니까. 약속이라도 한 것처럼 우리는 뒤늦은 깨달음에 걸맞은 실행력을 지니게 될 것이다. 그러니 맹목적으로 부지런하고, 형식적으로 기쁨을 전시하지 않아도 인생을 행복하게 살아가는데 큰 무리는 없을 것이다. 무위無爲는 무의미가 아니니까. 나의 호시절이 바로 지금일지도 모르니까.

게으르지 않게
부단히

공교롭게도 내가 좋아하는 작가들은 한사코 어떻게 살아야 하는가 보다 어떻게 죽어야 하는가에 더 많은 관심을 기울인 사람들처럼 보인다. 예컨대 알베르 까뮈와 괴테, 나쓰메 소세키와 다자이 오사무가 그렇다. 허나 그들은 각자 추구하는 죽음의 이데아가 있다고 해서, 현실을 마냥 게으르게 흘려 보내지도 않았다.

그들은 자신들의 이데아에 도달하기 위해 권태마저 혀를 내두를 정도의 성실함으로 작품활동에 임했다. 까뮈는 교통사고로 생을 마감할 때에도 자신의 품에 미완성의 유작을 안고 있었다. 괴테는 23세부터 83세까지 수십년의 걸쳐 〈파우스트〉라는 걸작을 남긴 뒤에야 죽음에 안착했다. 다자이 오사무의 경우도 마찬가지다. 그는 몇 번의 자살 기도를 했지만, 끝내 〈인간 실격〉의 최종장을 마감하고 나서야 목적을 달성하였다. 마지막으로 나쓰메 소세키 역시 장편소설 〈명암〉을 연재하는 도중에 조용히 생의 마지막 숨을 내쉬었다.

실은 작가들이 생전에 써 놓은 모든 작품들은 그들의 유서다. 우리들이 오늘날 읽고 있는 그 작고 가벼운 책 한 권의 무게는, 한 사람이 평생을 망설이다 내뱉은 유일한 진심일 수도 있다.

> 공평한 '시간'은 소중한 보물을 그녀의 손에서 빼앗는 대신, 그 상처도 서서히 치유해 주는 것이다. 격렬한 삶의 환희를 꿈처럼 아스라이 지워버리는 동시에 지금의 환희에 따르는 생생한 고통을 덜어 주는 일도 게을리 하지 않는다.

나의 경우 늘, 배움의 자세로 책을 읽는다. 내게는 아무 것도 쓰지 않고 마냥 흘려 보내는 그 시간의 공회전이 곧 자만이라는 사실을, 내가 사랑하는 작가들의 문장으로부터 깨닫곤 하는 것이다. 시간은 많은 것들을 서서히 치유해 주지만, 동시에 그 격렬한 환희를 꿈처럼 흐려놓는 일도 게을리 하지

---

1 *나쓰메 소세키, 유리문 안에서

는 않는다. 어쩌면 '살아간다'라는 말 자체가 모순인지도 모르겠다. 다르게 보면 '죽음으로 향한다'라는 말이기도 하니까. 우리는 그 한정된 시간 안에서 울고, 웃고, 사랑하고, 비아냥거리고, 미워하고, 다투고, 화해하며 그리워하길 반복한다.

　나의 마지막은 어떤 모습일까. 그것이 선택이 되든, 혹은 자연스러운 방문이 되든 그저 게으르지 않게 부단히 나의 삶을 살아내고 싶다. 마지막 호흡, 그 끝에 맺힌 희미한 기척이 곧 여백 위로 다져지던 희망의 잉태이길 바란다.

여름을 보내는
나만의 방법

몇해 전, 우리집에 꽤나 큰 물난리가 난 적이 있다. 정확히
말하자면 '내 방'에만 물난리가 났다고 말해야 하겠다. 헌데
그 방은 원래 누나의 방이었다. 넓고 채광이 좋아서 누나의
안목에 들었던 것이다. 시간이 꽤 지나, 누나가 독립을 하고
난 뒤에야 그 곳은 내 방이 될 수 있었는데, 방을 바꾼지 얼
마 되지 않아 그 난리가 난 것이다. 이런 젠장.

폭우는 뒷마당의 벽을 허물고 내 방 바닥을 자박하게 적
셔 놓았다. 아마 집에 아무도 없었다면 퇴근하고 난 뒤에 부
모님은 자신의 오래된 주택이 워터파크로 변모한 모습을 보
게 되었을지도 모른다. 계곡을 좋아하는 아버지에겐 어쩌면
그 장면이 꿈에 그리던 집일 수도 있을 테지만…….

나는 수해현장에 외로이 투입된 인력이 되어 바가지를 들
고 연신 물을 퍼날랐다. 물이 줄어들지 않고 되레 늘어나는
기분이 든 나는, 황급히 밖으로 나가 비가 세는 것으로 추정
되는 곳에 비닐을 덮어두고 파라솔을 설치해 두었다. 문제는
가구들이 온통 젖어버리고 말았다는 것. 하필이면 왜 그쪽으

로 물이 세는 것이었을까. 뒷마당으로 뛰어가서 허물어진 벽을 괜히 한번 발로 걷어차 보았지만 그때 느낀 감정은 화풀이 해봐야 내 발만 아프다는 것이었다. 수해복구 현장에서도 어떤 의미를 추정해내고 있는 일종의 나만의 직업 병을 인지하고 퍽 웃음이 났다.

마당에 물꼬를 터놓고 젖은 가구들을 혼자 거실로 옮겨두었다. 급한 정리를 하고 보니 마당에 개집은 괜찮나 싶은 생각이 들어 얼른 돌쇠(내 나이 열 일곱부터 우리집 마당에서 살고 있는 백구)에게 달려가 상황을 살폈다. 허나 개집 지붕에선 물 한방울 세지 않았고, 심지어 돌쇠는 꽤나 태연한 표정을 짓고 있는 게 아닌가. 개집도 멀쩡한데, 내 방은 도대체 이게 무슨 일이람…….

그 일이 있고 난 다음부터 매년 여름이면 본가로 내려가 내 방에 물난리 대비를 한다. 외벽에 방수 페인트도 바르고 담장도 확인해보고 그래도 혹시나 싶어 가구들을 모조리 다른 방으로 옮겨 버린다. 진짜 미니멀리스트가 되는 셈이다.

심지어는 필요한 것도 그곳엔 없다. 있을 건 아무 것도 없고 오직 책상 하나, 의자 하나만 있다. 그래도 글은 책상에 앉아서 써야 한다는 것이 엄마의 설명이다.

분위기로 보면 흡사 취조실에 온 것 같기도 하지만, 썩 싫지만은 않다. 있을 건 아무 것도 없고 오직 책상 하나 의자 하나만 있는 곳에서 작업을 할 수 있으니 말이다. 예컨대 결핍으로 충만한 작업환경이라 할 수 있겠다. 심지어는 큰 창문으로 아침마다 햇살이 들고 저녁마다 노을이 진다. 그 안에서 자연스레 나 또한 세월의 일부가 되어간다. 여름 보내는 나만의 방법이랄까.

제주,
밤의 해변

그날 밤은 머뭇머뭇 쉽사리 읽히지 않는 소설을 붙잡고
있다가 이내 해변을 걸었다. 시계는 어두웠고 파도는 일정한
소리로만 그곳에 있었다. 가슴에 쥐가 나서 연신 헛기침을
했고 해변에는 빗방울이 아주 천천히 내려오고 있었는데, 자
세히 바라보니 그건 젖은 눈이었다. 나는 그것들을 모아 당
신을 기쁘게 해 줄 수 있다면 한참은 더 걸을 수 있다고 생각
했다. 단지, 너무 수줍은 마음이 살짝만 건드려도 쉽게 울먹
거리니 어찌할 수가 없어 애가 탈 뿐. 이곳에 당신이 있었다
면 이내 선물이라고 말했을 텐데. 가져갈 순 없고 간직할 수
만 있는 풍경이 있었다. 당신을 닮은 느낌이었다. 쉽게 읽히
지 않고, 함부로 가질 수도 없는.

영원이라고
말했었잖아

영원할 거라 말하던 우리는 지금쯤 어떤 시간을 떠돌고 있을까. 가끔 기억 속의 당신에게 묻는다.

"영원이라고 말했었잖아."

나는 당신의 대답을 기다리는 캄캄한 밤 하늘과 같았으나, 들려오는 것은 내가 던진 물음의 메아리일 뿐이다.

"영원이라고 말했었잖아. 영원이라고…… 영원……."

어쩌면 누가 먼저 그 물음을 던졌는지도 모를 만큼 아주 오랫동안 우리는 과거에 속한 채로 서로를 바라보고 있다.

허나 그마저도 진실은 아니다. 오래된 기억은 조금씩 변해 간다. 좀처럼 아름다운 방향으로 흐르고만 있어서 누구를 탓하는 것은 미련한 일에 그치고 만다. 내 잘못이 아니라고 말하다가, 이내 당신의 탓도 아니라는 결론으로 이어진다.

그리워 하는 일의 정의는 때론 탐탁지 않다. 그것은 다시 사랑하고자 함은 아니다. 왜냐하면 이미 성립될 수 없는 문장이기 때문이다. 사랑을 '다시' 할 수 있을까? 아니라고 믿고 싶다. 그렇지 않다면 삶이 더 어려워질 것 같아서 인지도 모른다. 하면 왜 나는 너를 그리워 하는 것일까. 오늘같은 날이면 영원히 함께 하자 했던 그 말 속에 갇혀 멍하니 하늘을 올려다 보곤 한다. 높다. 차마, 있는 힘껏 손을 뻗는다 해도 닿을 수 없을 같다. 아니, 손을 뻗지 않아도 이미 알고 있다. 해보지 않아도 이미 알고 있다는 느낌은 그 자체로 서운한 것이다. 가끔은 모든 것이 그저 운명이었다라고 생각할 수밖에 없을 정도로 나는 작아진다.

　　다만, 인간이란 운명에 저항하기 위해 태어난 것이라고. 하여 우리들은 시간의 제약에 과감히 반기를 들며 영원한 사랑을 외친다. 어쩌면 [1]영원이란 시간의 앞이라든가 뒤라든가 하는 것은 아니다. 지금에서야 깨닫는다. 마음의 어긋남이 아니라, 개념의 오류였다. 내가 그녀에게 주어야 했던 확신은 미래에 대한 것은 아니었다. 내가 착각했었다. 지금 이 순간, 그 사람을 사랑스럽게 바라봐 주는 눈빛, 그것이 부재했

―――――――

1 헤겔, 『엔치클로페디(제3판) 자연철학』

기 때문에 우리는 서로의 과거가 되어버린 것이다.

영원이란 과거나, 미래에 있는 것은 아니다. 그것은 절대적인 현재, 오직 지금 이 순간에 해당되는 말이다. 시간의 앞이라든가 뒤라든가 하는 것은 아니었다. 오직, 지금 이 순간에만 영원은 존재한다.

장마철

　사고였다. 태어나서 처음 죽을 고비를 맞이했다. 나이는 정확히 기억나지 않지만 아직 내가 초등학교를 들어가기도 전인 것으로 기억한다. 작고 여린 나의 몸이 하수구 맨홀 뚜껑 속에 빠져버린 것이다. 오랜만에 친척들이 다 모인 할머니 댁은 노곤노곤한 대화들이 무르익고 있었지만 그 금방 어딘가에선, 며칠 전 내린 굵은 빗줄기로 인해 불어난 물이 내 몸을 휘감고 세차게 떠내려가고 있었다.

　나는 슬펐다. 조금은 허무했다고 말해야 할지도 모르겠다. 헤어나올 수 없는 깜깜한 구멍 속에서, 나는 퍽 겁에 질려버렸던 것이다. 정확히 말하자면 죽음 그 자체에 대한 두려움은 아니었다. 그 모습을 우리 누나가 보고 있었기 때문이었다. 혹시라도 누나가 자기 탓이라고 생각할까봐……

　내가 아무 힘도 없는 손아귀로 끝내 버틸 수 있었던 이유는 단 하나였다. 누나가 보고 있어서. 혹시라도 자기 탓이라고 생각할까봐. 작별인사를 나누기에는 시간이 채 모자랐고, 눈물을 흘릴 겨를도 없었지만, 그녀는 새로 산 옷이 온통 흙

탕물에 물들 정도로 깊이 손을 뻗으며 내게 소리쳤다.

가지 말라고. 가지 말라고. 겨우 초등학교에 막 들어간 소녀의 새하얀 손을 시궁창으로 뻗었다. 닿을 수 없는 그 간격을 무슨 수로 채울 수 있었을까. 나는 그 깊은 허무에서 기어 올라왔다. 심장마저 젖어버린 것은 아닐까 싶을 정도의 물기가 내 몸에서 퍼져 나왔다. 정신을 차리고 보니, 신발 한 짝이 없었다. 만약 내가 그 신발이었다면 어땠을까. 지금쯤 나는 어디에 있을까.

흙탕물에 젖은 채로 나는 누나 손을 꼭 잡고 할머니 댁으로 돌아왔다. 우리를 보고 가족들은 놀라 소스라쳤지만 나는 아무 일도 없었다고 말했다. 누나가 자기 탓이라고 생각할까 봐. 누가 누나 탓이라고 손가락질 할까 봐. 한사코 고개를 저으며 아무 일도 없었다고 말했다.

방문

일본어를 전혀 할 줄 모르던 친구가 교토로 여행을 다녀온 뒤, 내게 말했다.

"그곳의 언어를 아무것도 모르는데 여행을 한다는 건 요즘은 쉽게 겪을 수 없는 문맹적 경험인 것 같아. 근데 곰곰이 생각해보니 사람과 관계를 맺는 것도 꼭 그런 것 같더라고……. 아마 서로를 이해한다는 것은 언어를 모르는 타국을 방문하는 일 같은 것은 아닐까. 이번에 느꼈어. 깊은 관계로 발전하기 위해선 반드시 서로의 언어를 배워야만 한다고 말이야."

집으로 돌아오며 내내 그 말이 맴돌았다. '서로를 이해한다는 것은 언어를 모르는 타국을 방문하는 일.' 그렇다. 실은 모든 언어는 대체불가능하며 유일한 것이다. 때문에 이해하기 위해선 그 언어의 뜻을 알아야 하며 체계를 배워야 한다. 하물며 같은 언어를 사용하는 사람이라 해도 개인이 지닌 마음의 문법은 다른 이들과 구별될 수 밖에 없을 것이다.

예컨대 사랑한다고 말할 때, 입술과 혀끝의 떨림이 만들어내는 뜻은 유일한 것이다. 사랑하는 이를 바라보며 지긋이 미소 짓는 이의 눈빛을 대신할 언어는 어디에도 존재하지 않는다. 흰 종이 위에 그 사람에 대한 내 마음을 썼다 지웠다 반복하는 일은 오직, 글자를 통해서만 가능하고 나란히 걸으며 두 사람의 손가락 사이사이에 모든 오감이 집중되는 일은 오직 손을 잡는 행위를 통해서만 이루어 진다.

내 안의 감정이 의미가 되어 그 뜻이 하나의 언어로 표현되기까지. 우리는 무엇보다 복잡하고 정교하며 대체불가능한 과정들을 행하고 있다. 따라서 한 사람을 사랑하는 일은 그 사람이 지닌 언어적 체계를 이해하는 일. 결국에 모든 개인은 '비슷한' 언어를 사용하고 있을 뿐, '같은' 언어를 쓰고 있는 것이 아니기 때문에 우리들은 사랑으로 개인이 지닌 삶의 문법을 조금씩 헤아려가야 하는 것이다.

모든 언어는 대체불가능하고, 모든 개인은 각자의 문법으로 그것을 읽어낸다. 그 과정에선 불가피하게 오역과 오해가 개입될 수도 있지만 그럼에도 최대한 그 뜻에 가까운 의미로 다가서는 노력을 게을리 하지 말아야 할 것이다. 사랑한다면, 사랑하는 사이라면, 단순히 말의 사전적 정의가 아니라, 그 이면에 있는 개인의 고유한 문법을 이해할 수 있어야 한다.

가까운
슬픈 연인들

가까운 슬픈 연인들

어찌하여 나는 늘, 당신의 차선책인가.

마주보고 있었지만

어쩌면 너는 한 번도 나를 바라봐 주지 않은 것이다.

이게 지금 맞는 건가
싶었을 때가 있었지

[1]태어나는 것은 언제나 어려운 일이지요. 새도 알을 깨고 나오려면 온 힘을 다해 애써야 한다는 걸 당신도 잘 알잖아요. 돌이켜 생각해보고 자신에게 한번 물어보세요. 대체 그 길이 그렇게도 어려웠던가? 그저 어렵기만 했던가? 그러나 역시 아름답지 않았는가? 하고 말이에요.

살다 보면 이게 지금 맞는 건가 싶은 순간과 끊임없이 마주하게 되더라고. 아니, 그러니까 지금 이게 이렇게 하는 게 똑바른 일인가. 남들은 어떻게 하고 있지? 누구한테 물어보고 싶지만, 실은 내가 너무 서툴러서 우스운 모습으로 비춰질까 쉽사리 도움을 요청하기가 어렵기도 했지. 나는 대체로 혼자서 갖은 노력을 다했던 것 같은데, 그러다 보니 자연스레 많은 일들은 더디고 오래 걸리곤 했어. 그냥 주변에 있던 다른 이에게 한 번 물어봤으면 실수하지 않고 넘어갈 수 있는 일들도 나는 기어코 한 번 고꾸라지고 난 뒤에서야 몸소

---

1 *데미안, 헤르만 헤세

알아차리곤 했던 거야.

　때로는 참 바보같은 행동들, 괜한 고집이라는 생각이 들기도 했지만 말이야. 요즘은 그런 생각을 해. 지금 내가 수월하게 해내고 있는 것들. '이렇게 하는 게 맞는 거야. 잘 하고 있어.' 라는 확신을 들게 하는 마음들은 직접 경험해 보지 않고서는 결코 알지 못했던 것은 아니었을까. 두려움에 스스로 맞서지 않았다면 결코 가질 수 없는 당당함일 거야. 앞으로도 수없이 나는 반복할 거야. 그 물음 앞에서 입술을 깨물고 붉게 달아오른 두 뺨을 파르르 떨기로 하겠지.

　이게 지금 제대로 되고 있는 건가?

　그러한 떨림들, 나의 세계에 균형을 비스듬하게 만들며 나를 불안하게 했던 그 두려움을 겪은 이후에 우리는 더 나은 내가 되는 거야. 우리를 송두리째 날려보낼 것만 같던 그 폭풍 속을 지나온 뒤에, 돌아 보면 어떤 교훈이나 특별한 기운이 생각나지 않을 수도 있어.

하지만 분명한 사실은 나는 더이상 그 전의 내가 아니라는 거야.

마음

마음이란 것은 정말로 이상하다. 멀쩡하다가도 울컥 차오르더니, 어느새 아무렇지도 않다. 하물며 간간히 잠이 오지 않아서 꺼내든 소설 속에서 종종 내 마음을 읽는다. 정말로 마음이란 것은 두드리면 두드릴 수록 슬픈 소리가 나는 문은 아닐까. 오늘 밑줄 그은 문장은 먼지 틈 사이에서 울고 있었다.

[1]정말이지 태평한 사람들도 마음 속을 두드려보면 어딘가 슬픈 소리가 난다.

그냥 가만히 꽉 닫아 두는게 나을 지도 모르지. 의식적으로 자꾸만 망설이게 된다. 나를 열어 보이기가 시간이 흐를 수록 더 어려워 지는 것을 느낀다.

----

1 나쓰메 소세키, 나는 고양이로소이다

하필이면
왜 그때

　왜 우리는 나와 당신으로 마주쳤을까요. 하필이면 왜 그
때, 그 헤아릴 수 없는 시간의 연장선 위에서 왜 그 순간의
나와 당신으로 마주해야만 했을까요. 이제 다시는 마주칠 일
이 없을 것만 같으니 우리의 시간들을 만남이라고 해야할지
영원한 이별이라고 말해야 할지 선뜻 정의 내릴 수가 없는
노릇입니다.

　내게 머물다간 당신, 어찌하여 그렇게나 어리숙했던 나의
지난 날에 홀연히 스쳐지나 갔나요. 나와 당신을 우리라고
지칭하던 그날들이 조금 더디게 다가왔다면 어쩌면 더 좋았
을 거란 생각을 할 때도 있습니다.

　한때는 우리에게 믿음이란 너무도 당연한 것이었지요. 그
러나 우리는 미처 알지 못했던 모양입니다. 거친 감정의 홍
수 속에 살아남기 위해선 조금씩 흔들리며 서로의 균형을 헤
아려야만 했다는 사실을 말이에요. 우리는 의심하지 않았던
것이 아니라, 인정하지 않았던 것이고. 우리는 이해하고 있
었던 것이 아니라, 외면하고 있었던 것은 아닐까요.

오히려 이별을 완성했던 것은 날카로운 끝이 아니었습니다. 정작 우리에게 마지막을 선사했던 것은 무뎌진 영원이었을 뿐이지요.

2017년 5월
도쿄

아주 오랜만에 혼자가 아닌 지인들과 함께 여행을 다녀왔
다. 극성수기에 떠나는 해외여행은 나로서는 그때가 거의 처
음이었던 것 같기도 하고. 작가라는 직업의 특성상 비교적
날짜나 요일에 구애 받지 않고 여행을 떠나곤 했는데, 직장
을 다니는 사람들과 함께 여행을 떠나는 것이 그것도 네 명
의 인원이 모두 시간을 맞춘다는 것이 참 어려운 일이라는
걸 새삼 느끼기도 했다. 여행시즌으로 인해 비싸진 항공권
과 도쿄의 숙박료가 다소 부담으로 다가올 수도 있었겠지만,
'모처럼 다 같이'라는 의미가 주는 기쁨을 알고 있다면 수중
의 돈을 조금 더 소비하는 것 정도는 충분히 감수해야 할 부
분이라고도 생각했다.

새벽 비행기였기때문에 자정쯤 함께 떠나는 형의 사무실
에서 모여있다 공항으로 출발할 계획이었다.(형과 나는 막역
한 사이기 때문에, 형의 회사 직원들과도 나는 이미 가까운 친분을
지니고 있었다.) 나를 제외한 다른 지인들은 실내인테리어나
의류 업계에서 일하는 사람이었는데, 그것조차 나에게는 꽤
나 즐거운 경험으로 다가왔다. 다른 직업을 가진 사람들이

새로운 장소에서 같은 일정을 소화해낸다는 것, 예컨대 그 사람이 평소 중요하게 생각하는 것, 관심을 가지고 바라보는 것, 여행 중에도 자연스럽게 드러나는 일상의 모습들이 사뭇, 신선한 관점으로 다가올 수 있기 때문이다.

헌데, 출발 전부터 계획에는 차질이 생겼다. 한 명의 인원에게 사정이 생겨서 항공권을 당일 취소해야 하는 사태가 벌어진 것이다. 양도도 안되고 너무 늦은 시간이라 해당 항공사의 연결도 불가한 상황. 어쩔 수 없이 남은 세 명의 인원만 떠날 수 밖에 없게 되었다. 설렘이 당혹감으로, 또 당황스러움이 아쉬움으로 번지며 연신 '이를 어쩌나……'하며 혀를 내두르던 때, 반대편에서 야근을 하고 있던 여직원이 말했다.

"여러분, 기운 내세요. 제가 그 자리를 대신해도 되겠습니까?"
맞다. 계획에 차질이 생긴다는 것은 예정에 없던 새로움을 뜻하기도 한다. 같은 비행기의 표를 구할 수는 없어서 그 친구는 조금 더 늦게 출발하는 비행기를 탔고 우리가 도쿄에

도착하고 두어 시간쯤 뒤에 무리에 합류했다.

거기에 도쿄에 살고 있던 지인 한 분까지 가세하여 우리
는 전혀 예상하지 못했던 방식으로 시부야 거리를 걸었다.
숙소로 돌아와, 시원한 맥주를 마시면서 이대로 흘려 보내긴
아쉬운 도쿄의 밤을 위해 한 명씩 시를 썼다.

- 너와 멀어진 후, 감정의 씨앗을 거두고
  눈물의 흐름도 가두게 되었어.
- 열두시 십팔 분, 조시가야, 이케부쿠로, 신주쿠,
  코엔지, 여기서부터 40분. 행복이 기다리는 나의 집.
- 흘려 보낼 수 있던 한마디, 여느 때처럼 지나칠 한마디
  에 오랫동안 묵혀 둘 법한 사건들을 뒤로할 수 있게.
- 너를 그리워하다가 하루가 다갔네…….

나는 소파에 앉아, 네 사람의 시를 차례차례 읊으며 시구
와 그들의 눈빛을 번갈아 바라봤다. 마음이 언어가 된다는
것은 그 얼마나 아름다운 광경인가. 나는 거듭 강조했다. 기

민이 형, 지연이 누나, 유미씨, 서정이.

오늘 우리들이 여기에 함께라는 사실이 나는 정말로 행복
합니다.

물끄러미,
시간으로 말미암아

어떤 이유로, 몹시 지쳐있는 사람들이 가장 많이 듣는 조언은 무엇일까. 아마도 "시간이 지나면 괜찮아 질 거야." 와 같은 뉘앙스의 말일 것이다. 물론, 나도 그렇게 생각한다. 지금까지 시간의 덕을 온 몸으로 누려왔으며 앞으로 시간의 윤택함에 나의 마음을 온전히 맡겨야만 할 때가 올 거란 사실도 부정하고 싶지는 않다.

그럼에도 또한 믿는다. 시간이 해결해 줄 거란 말은 당사자에겐 몹시 불합리한 말에 불과하다고. 어디까지나 그는 아직 해결되지 않은 시간 속에 존재하고 있으니까 말이다. 하여 나는 침묵으로 일관하는 경우가 많다. 그 따뜻한 무관심이야 말로 피상적인 위안보다 더 큰 용기로 작용할 거란 마음에서다. 허나 때때로 무슨 말이라도 해주어야 할 때도 있다. 애초부터 조언을 좋아하는 성격은 아니지만, 꼭 해야만 하는 순간이 오면 내가 하는 말은 대개 같은 표현이다.

"시간이 많은 것들을 해결해 주기는 할 거야. 하지만, 너 또한 성실하게 시간을 이끌고 나아가는 방법을 찾아 헤매야

만 해. 물론, 조금씩 나아질 거야. 그래도 명심해. 그 시간을
이끌고 나아가는 것이 바로 너 자신이라는 걸 잊지 말아야
해."

마주보고
있는 동안

시간을 이끌고 나아가는 방법은 무엇이 있을까. 어떻게 하면 시간과 함께 건강하게 나아갈 수 있을까. 그런 고민이 들던 찰나에 내가 떠오른 것은, 그녀와 내가 마주보고 있던 순간에 대한 기억이었다. 정지되어 있는 듯 했는데, 실은 예상했던 시간을 훌쩍 넘기고야마는 몰입의 장면들. 대상과 뜨겁게 마주하고 있는 동안, 우리들은 당당하게 시간을 이끌고 나아갈 힘을 지니게 된다.

고로 시간을 이끌고 나아가는 방법이란, 그 순간을 사랑하는 일. 불안에 허덕이는 날이면, 우리들이 더욱 스스로를 안아 주어야 하는 이유가 바로 거기에 있다. 때때로 슬픔에 허덕이며 자책하게 되더라도 포기하지 않고, 내 감정에 책임을 질 줄 아는 자세를 가지는 것. 나는 그것이야 말로 감정의 민낯을 받아들이는 일이라고 믿는다. 사랑했고, 이별했다면 그 아픔을 견디는 것도 나의 몫. 도전했고 실패했다면 그 서운함을 받아들이는 것도 나의 몫. 내 감정으로부터 도망치지 않는 자세는 중요한 것이다.

언젠가 그녀가 말했다.

"가끔 아무 말없이 바라봐 주는 거, 그거 위로되는 일이에요."

내면의 목소리에 귀를 기울이는 것만으로도 우리들은 다시 일어설 힘을 얻는다. 중요한 것은 문제를 해결하는 것이 아니라, 그것을 겪고 있는 나를 모른 척 하지 않는 것은 아닐까. 강물이 천천히 흐르면서 그 지류가 여러 갈래로 뻗어 나가듯, 슬픔의 경로 역시 자연스럽게 무뎌지며 여러 갈래로 내 삶의 새로운 물꼬를 틀 것이다. 그것은 단번에 해소되는 것이 아니라 다만, 그 마음이 조금씩 희석되는 것 뿐이다.

그리하여 모든 권태와 슬픔과 좌절이 삶이라는 하나의 바다가 되어 다시 만나게 되는 날, 우리들은 스스로 깊어져 있음을 깨닫게 된다. 더는 아프지 않을 거라고 장담할 수는 없다. 그러나, 우리는 몰아치던 파도가 이내 잔잔해 질 거란 사실도 알고 있다. 처음 한 방울은 나의 마음에 큰 파문을 일게 하였을 것이다. 허나 빗방울처럼 쏟아진 슬픔이 지나고 나면 나는 깊어져 있다. 시간이 흐를 수록 더욱 깊어져서 결국엔 바위가 떨어져도 잠깐 일렁이는 파도를 견뎌내면 그만인 것이다.

스스로를 사랑하면 시간은 그런 방식으로 흐른다. 많은 사건들이 그렇듯 마구 휘몰아치다가 이내 잔잔해 지기를 반복할 테지만, 그럼에도 그 안에서 더 깊어진 나를 발견하게 될 것이다. 가슴 속에 바다를 품은 나를 마주하는 일, 그것이야말로 폭우에도 부서지지 않는 비결이다.

가끔 아무 말없이 바라봐 주는 거,

그거 위로되는 일이에요.

여름의
향기

비가 내렸다.
왜 하필 오늘인지 나는 그 이유를 모른다.
창문에 찬 습기가 슬그머니 시야를 가리울 때
좀처럼 그것이 왜 하필 지금인지
나는 그 뜻을 헤아릴 수가 없다.

우리는 모른다.
지금 이 비가 어떤 의미로 내리는지.
바람은 왜 불어와서 나를 잠깐 멈추게 하였는지.
곧 이어 하늘이 개고 창문 틈으로 스며드는 유난히 밝은
햇살에
왜 하던 일을 뒤로 한 채 물끄러미 어떤 생각으로 나를 가
두어 두는지.

아마 이유란 것은 애초에 그렇게 중요한 것은 아닌지도
모른다.
언제부터인가 좋아하게 되어버린 것처럼.
어느새 비를 보면 생각나는 사람이 있다.

어쩌면 너무 당연하고 자연스러웠던 까닭인지도…….

그것은 분명 드문 일이다.

마음을 준다라고 하는 것

마음을 호젓하게 내보이는 것은

차마 외로움 앞에 당당하지 않고서야 행할 수 없는 일일
테니까.

비가 오면 옷깃이 젖고 바람이 불면 꽃잎이 흩날린다.

하물며 살아있는 동안 당신을 생각하는 것이

내게는 지극히 당연한 삶의 이치인 것을.

오늘날 당신을 사랑하는 이유를

좀처럼 찾을 수가 없었을 때,

나는 무엇보다 당신을 사랑하고 있음에 확신하고 말았다.

정처없이

[1]소위 '삶'이라는 것 밖에 내가 있어도 그다지 신경 쓰지 않을지도 몰라. 어쨌든 인간들의 눈에 거슬려서는 안돼. 나는 무無야. 바람이야. 텅 빈 존재야.

나는 줄곧 어디에도 내려앉지 못한 바람이었다. 걸핏하면 길을 잃고서 어렴풋하게 스러진다. 자꾸만 커져가는데, 동시에 짐작할 수 없을 만큼 작아져 있는 스스로를 자각할 때면 눈을 질끈 감아버린다. 그렇게 세상을 향한 불을 끄면 밤보다 새까만 불안이 찾아온다. 누군가가 아닌 아무나가 되어 정처없이 떠돈다. 때로는 그것이 삶이었다.

불안은 언제나 나보다 덩치가 열배는 큰 놈이었다. 나는 나인 것처럼 시늉하는 것으로 그것을 도망 다녔다. 스스로에게도 타인으로 존재하는 일만큼 피로감을 유발하는 행위도 없지. 언제 어디에서 잃어버렸는지도 모르는 단추처럼 나는

---

1 인간 실격, 다자이 오사무

무의미에 가까웠다. 나는 그저 때가 되면 탄로 나는 비밀같은 건 아니었다. 어쩌면 영영 알지 못할 것이다.

향기가 없는
꽃

　투명한 용기 속에 찰랑찰랑 일렁이던 향기가 다 수그러들 때쯤 벌써 이렇게 또 한 번의 계절이 지나갔구나. 그 많던 향기들은 지금쯤 어디에 있을까 싶은 마음이 들어 빈자리에 작은 한숨이라도 담아두었다. 가만히 귀를 대고 있으면 멀리서 파도소리가 들려오는 것 같다. 이렇게나 조용한 울음이었구나. 깊이 들여다 보면 모두가 이처럼 조그맣게 울고 있구나.

가족

재수 학원을 다닐 때였다. 한창 긴 장마가 세상을 적시다, 간만에 화창한 햇살이 여름의 창을 활짝 열었다. 무더위가 폭폭 찌던 날, 다소 탁한 교실의 풍경 속에서 나는 조용히 문제집을 들여다 보고 있었다. 그 전화 한 통을 받기 전까지는 말이다.

누나가 쓰러졌다는 내용의 전화였다. 그녀는 이렇게 화창한 여름날, 다리에 힘이 풀린 채 쓰러져서는 거친 숨을 허덕이고 있었다. 나는 그때, 아스팔트 위에서 살기 위해 발버둥치는 물고기를 떠올렸다. 그녀의 별명이 물고기였기 때문일 수도 있고 우연한 연상의 결과인지도 모른다. 누나는 걸을 수 없다고 했다. 병원에서는 희귀병이라고 말했다. 며칠 사이 그녀의 다리는 조금씩 부풀어 올라 허벅지에 내 주먹보다도 더 큰 혹이 생겼다. 그녀는 더이상 헤엄칠 수 없었다. 그저 바짝 메마른 병원의 복도에서 휠체어를 타고 유유히 코너를 돌 뿐이었다.

우리 누나 이렇게 꽃다운 나이에 걸을 수 없다는 사실이 마냥 서글펐다. 병원을 나서며 길을 지나는 수많은 인파를 보며 나는 생각에 잠겼다. 왜 하필 우리 누나여야만 했냐고 세상을 원망해 보기도 했다. 돌아오는 버스 안에서 멍하니 창 밖을 바라보며 지난 해에 세상을 떠난 할머니를 떠올렸다. 꽃처럼 맑게 웃던 그녀는 이제 정말로 꽃이 되기 위해 저 멀리 여행을 떠난 것일까. 그로부터 일년이 채 지나지 않았는데, 아직까지 우리 가족에겐 빈자리를 인정할 만한 충분한 시간도 부여 받지 못했는데…….

엄마는 잠 못 이루며 이곳 저곳의 병원을 돌아다녔지만 달리 큰 방도는 없었다. 나는 그때 내 다리를 줄 수 있었다면, 그럴 수만 있다면 하고 생각했다. 우리 집 지붕 위에서만 다시 긴 장마가 시작된 것 같았다. 가족들은 아무도 눈물을 흘리지 않았다. 약해지지 않기 위해 감정을 드러내지 않았으나, 동시에 누구도 울지 않는 사람이 없었다. 아마도 사람들에겐 각자의 방식으로 울음을 희석시킬 방안들이 있는 거겠지.

그러던 어느 날 누나는 꽤나 밝은 목소리로 말했다. 헤엄치는 꿈을 꿨다고, 맑고 투명한 물 속에서 유유자적 자유롭게 헤엄치는 꿈을. 그리고 할머니가 곁에 와서는 그녀의 마른 다리를 어루만지다 "우리 혜영이 고생했네. 다 잘 될 거야." 그 한마디를 남기고 사라졌다고. 그날 이후로 허벅지에 있던 혹은 성장을 멈추고 조금씩 작아져 갔다. 기적처럼 다행스러운 일이었다. 허나 우리의 노력으로는 아무 것도 할 수가 없었다. 그때 느꼈던 안도감에서는 떫은 맛이 났다. 씁쓸한 그 맛을 삼키며 나는 깨달았다. 치료방법이 없는 병이나 천재지변 앞에서 인간이 할 수 있는 일은 그리 많지 않다는 사실을 말이다.

실은 삶의 덧없음을 인지하는 순간이 곧 일상의 소중함에 대해 자각하는 순간이다. 진정한 구원이란 어떤 것일까. 병이 완전히 낫는다거나, 어떤 문제가 해결된다고 해서 그것을 구원이라고 말할 수 있을까. 사람은 사는 동안 수없이 많이 앓고, 좌절하고, 눈물을 흘리게 될 텐데……. 허나 그때 누나는 두려웠지만 외롭진 않았다고 말했다. 아팠지만 사랑받고 있어 괜찮다고 말했다. 별안간 이유를 알 수 없는 병은 그녀에게 분명한 메시지가 되어준 것이다.

"우리들은 결코 당신을 포기하지 않겠습니다. 해결 방법이 있든 없든, 당신을 혼자 내버려 두지 않겠습니다. 걱정마세요. 당신의 모든 시간 속에서 우리가 함께 하고 있습니다. 가족이라는 이름으로."

아마도 사람들에겐 각자의 방식으로
울음을 희석시킬 방안들이 있는 거겠지.
그래야 할 거야.
그렇지 않고서야 세상이 온통 울음바다가
되지 않았을까.

안아주세요

　빛을 손으로 꽉 쥐어 본들 감히, 가두어 둘 수 있는 것 또한 아니죠. 당신의 마음을 짐작으로만 움직이게 하고 싶지는 않아요. 다만 어디에도 있고, 어디에도 없어요. 진심은 가두어 둘 수 없고, 확인할 수 없어 소중하고 서운한 불빛일 뿐이에요. 해서 어떤 날은 어느 모서리가 접힌 시집 한 권을 선물할 지도 몰라요. 나를 읽어주세요. 아직 전하지 못한 그 한 마디를 안아주세요. 더는 혼자가 아닐 거예요.

　우리집 앞뜰에 붉은 장미가 피어나는 날이면 똑똑 나를 두드려 주세요. 활짝 문이 열리면 우리 더는 안과 밖의 경계가 없는 거예요. 핑계마저 내려 놓고서 그저 투명하게 사랑합시다. 우리 부디, 오래도록 서로에게만은 솔직한 사람으로 살아갑시다. 사랑한다면서 부주의하게 무뎌지지 말고 다만, 감정의 체온에 귀를 기울이면서 꽃잎 다 익어 저물어 갈 때까지 마음에 작은 집을 짓고 삽시다.

러닝타임

어찌하여 나는 늘, 나를 실망시켜야만 하는가.

가끔 이미 살아가고 있는 나와, 살아가고픈 내가 심하게 다투는 날이 있다. 밤하늘에 있는 별을 모두 다 세어내는 날이 찾아오면 그때는 나의 삶, 온전히 바라는 대로 살아볼 수 있을까. 어찌됐든 우주는 팽창하고 별은 생성과 소멸을 반복하니, 그마저도 나의 노력만으론 어찌할 수 없는 일이다.

단순히 타인의 삶을 부러워하는 것과, 내가 놓지 못하는 미래를 선망하는 것은 전혀 다른 내용이다. 마음 안에서 현실과 이상이 머리를 쥐어 뜯으며 싸우는 날, 그 과정에선 누가 승리하든 번번히 패배감에 휩싸이곤 하는 나를 발견한다.

하루쯤 원하는 대로 살아보는 일이 왜 그토록 힘겨웠을까. 가끔 퍽 겁에 질려 얼른 다른 생각으로 화제를 전환하려 노력하는 때가 있다. 눈을 감는 순간에 내 안에 늘 그림자로 가려져 있던 또다른 나에게 어떻게 미안하단 말을 전해야 하지? 그 물음 앞에 놓여진 나를 발견할 때, 나는 턱 말문이 막

힌다.

　매번, 차선책이 되어야만 했던 나에게 깊은 애도를 표한다. 조금만 조금만 이라며 마음에도 없는 기대를 선사해야만 했던 나에게도 마찬가지다. [1]내 안에서 솟아나려 하는 것, 바로 그것을 살아보려고 했다. 헌데 왜 그것은 그토록 어려웠을까. 그 한 문장에 기대어 위로 받는 중에도 나는 무의식적으로 핑곗거리를 찾기 위해 애를 쓰곤 한다.

　인생이 한 편의 영화라면, 대부분의 삶은 상영 되지도 못한 채로 러닝타임을 지나고 만다. 끝나지 않을 것만 같던 이야기의 막이 내릴 때, 우리 가슴에 고여 있을 그 수많은 감정들을 오늘날의 우리가, 과연 어떻게 읽어낼 수 있단 말인가. 때로는 눈물로도 씻어낼 수 없는 속 깊은 서운함이 있다. 부서지지 않고서는 결코 확인할 수 없는 내 안 가장 인적 드문

---

1 데미안, 헤르만 헤세

곳의 이야기들, 언젠가는 그것들을 만나러 가야할 때가 올 것이다. 실은 그때 말해 줄 가장 적절한 핑계를 찾는 것이 이번 생, 나의 마지막 목표가 될지도 모른다. 아, 어찌하여 나는 매번 나를 실망시켜야만 하는가.

선을 긋다

딱 이만큼 선을 그어준다면 얼마나 좋을까. 당신은 여기까지만 들어올 수 있어요. 우리는 딱 이만큼의 거리가 좋을 것 같아요. 넘어오지 말 것. 출입금지. 눈으로만 바라봐 주세요.

살아가면서 여러가지 두려움을 경험해 보았지만 역시나, 내게 가장 크고 아팠던 것은 사람에 대한 두려움이었다. 더 가까워지지 않는 사이가 좋을 것만 같은데, 왜 아프게 할 거면서 다가서지 못해 안달이 나는 걸까.

그냥 저만치에서 바라봐 주면 안될까요. 끄덕끄덕 약간씩 고개를 움직이는 것만으로 족합니다. 운다고 해서 나를 안아주지 마세요. 모서리에 작게 웅크리고 있다고 해도 너무 가까이 다가오지는 마세요. 비를 맞고 있다고 해도 내게 우산을 건네진 말아주세요.

나는 괜찮습니다.
동그랗고 분명하게 나는 그려 놓았습니다.
바라만 봐 주세요.

내 감정을 단정짓지 말아주세요.

이해한다는 듯, 안쓰러운 표정을 짓지는 말아주세요.

오직, 마음으로 연결되어 있는 사람들만이
서로를 위해 울고 웃을 수 있는 권한을 지닌다.
위로는 아무나 건네는 것이 아니다.
헤픈 관심은 무관심보다 훨씬 날카로우니.

독백

계절은 봄인데 으실으실 몸이 아팠다. 보일러 온도를 높이고 방바닥을 뜨끈하게 데워 놓았는데도 조금 쓸쓸하다. 외롭고, 고독하고, 혹은 단절되어 있는 것 같았다. 나는 겁쟁이다. 그래서 외로움을 많이 타지만 혼자 있는 것을 좋아한다고 말한다. 실은 그래서 혼자 있는 게 좋은지도 모른다. 누군가를 만나고 어쩌다 그 사람을 잃어버리면 나는 더 큰 상실감에 빠질지도 모르니까. 혼자인 것은 좋다. 외롭고 쓸쓸하다. 그래서 괜찮다. 별로 잃어야 할 것들이 많지 않다. 누군가 나를 뒤에서 안아주었으면 좋겠다고 바라지만 결국에 그 사람도 나를 떠날 거다. 그래서 나는 그냥 혼자 몸을 웅크리고 있는 편이 좋다.

나는 겁이 많고 상처가 많다. 언제나 그래왔다.

고독의 완결

　외로움에 길들여진다고 해서 고독의 완결에 이르는 것은
아니다. 온종일 흐리다 난데없이 맑은 하늘처럼 동요하지 않
던 마음이 이내 폭우로 휩싸이는 느낌을 나는 알고 있다. 머
뭇머뭇, 그러나 필히 우리는 완벽히 자유로워질 수 없음을
깨닫는다. 마음은 그리 단단한 사물은 아니다. 존재는 문득,
가려운 것이다.

뒤를 돌아보았을 때

    남자1과 남자2와 남자3은 어린 시절부터 줄곧 같은 동네에 살았다. 언제부터 어떻게 친구가 되었는지에 관해선 도저히 기억이 나질 않지만 그냥 어느새부터 남자 1과 2와 3은 가장 친한 친구들이 되어 있었다. 그들은 오래된 초등학교가 재건축 되는 모습을 함께 지켜봤으며 동네 논밭이 건물들로 바뀌는 모습도 같이 경험했다. 남자 1과 남자2와 남자3은 중고교 시절 역시도 막역한 사이로 서로를 대했으며 그 즈음되니 함께한 시간의 양과 질로 인해 서로 표정만 봐도 다 아는 사이로 성장해 있었다.

    그들은 같은 아파트에 살아서 늘, 함께 등교를 했는데 하루는 비가 내리던 날, 누군가는 분명 우산을 챙겨올 줄 알았기 때문에 결국 모두가 빈 손으로 모여 상대방을 적지 않게 당황시키기도 했다. 날이 더워지면 함께 계곡 물에 뛰어 들었고, 눈이 내리면 썰매를 탔다. 시간이 흘러 각자 다른 지역으로 대학을 갔지만 마음으로 멀어진 적은 없었고, 가끔 다투긴 했어도 궂은 날씨가 어느새 화창해지듯이 며칠 뒤면 다시 허물없는 사이가 되었다. 고등학교 재학 당시 세 명의 남자들은 같은 독서실을 다녔는데, 어느 추운 겨울 새벽, 신장 개업한 만두집에 불이 난 것을 발견하고는 한 명은 소화기로 불을 끄고 한 명은 가게 안에 있던 주인 아주머니의 딸을 데리고 나왔고 다른 한 명은 인근 경찰서와 소방서에 구조 요청을 했다.

고등학교 3학년이 되던 해, 우리들은 만둣국을 원하는 만큼 먹을 수 있었다. 그 따뜻한 국물을 목구멍으로 삼키며 남자1은 생각했다. 남자2와 남자3은 정말로 좋은 녀석들이라고. 이후 남자1은 수능 시험을 망쳤기 때문에 재수를 하게 되었고, 남자 2와 남자3은 대학생이 되었다. 그러자 자연스레 남자2와 남자3은 이 불쌍한 남자1의 뒷바라지를 자청하기도 했다.

어느 날 남자1은 친구들에게 재수학원으로 향하는 버스 안의 탁한 기운이 싫다고 말했다. 그랬더니 남자2는 자신이 타고 다니던 스쿠터를 남자1에게 넘겨 주었다. 그 덕분에 남자1은 이듬해에는 대학에 진학할 수 있었다. 아마, 그 스쿠터가 없었다면 남자1은 공부를 포기했을 지도 모르기 때문이다. 남자1은 두 명의 친구가 울먹이며 입대하는 과정을 모두 지켜보았다. 따라서 마지막으로 자신의 차례가 되어서는 친구들의 배웅은 없이 입대하게 되었지만 오히려 그것이 다행이라고 생각했다. 그 외로움은 온전히 남자1만의 몫이 될 수 있었기 때문이었다.

훈련병 시절, 남자 1에게는 한 통의 편지가 도착했는데 공교롭게도 그것은 옛 연인에게서 온 편지였다. 남자1은 편지를 읽자마자 본능적으로 알아차렸다. 글씨체를 보자마자 그는 이것이 남자2와 3의 소행임을 알 수 있었던 것이다. 비록, 매우 정교하게 쓰여진 필체였으나 남자1에게 남자2와 3의 글씨를 알아차리는 것은 별안간 큰 일도 아니었다. 만약, 그때 남자1이 깜빡 속아 옛 연인에게 전화를 걸었다면 어떤 일이 벌어졌을까. 그가 속한 삶의 역사는 바뀌었을 것이다.

그들은 서로의 자랑이었다. 경제적으로 성공을 하든 성공을 하지 않든 세 사람에게 서로는 큰 위안이고 버팀목이었다. 헌데 어느 날부터 남자 2와 3의 사이가 멀어지기 시작하더니 아예 철저히 다른 길을 가기로 한 것이 아닌가. 중국에서 함께 유학을 하고, 같은 사업을 하던 2와 3이 절교를 선언한 것이다. 남자1에게는 다소 당황스러운 일이었지만, 그 상황에서 그는 어떤 행동을 취하기가 어려웠다.

왜냐하면 그는 알고 있었기 때문이다. 관계가 무너질 때, 그것은 결코 갑작스러운 어떤 사건에 의해 일어나는 일이 아니라는 걸 말이다. 차츰차츰, 오랜 세월 동안 쌓이고 스며들고 그렇게 서로의 틈을 비집고 들어서 결국에 가장 깊숙한 곳에서부터 시작된 균열이 현재의 상황을 만들어 놓았을 것이다. 이쯤 되니 남자1은 인정할 수 밖에 없었다. 결코 무너지지 않을 관계, 깨지지 않을 사이는 없구나 하는 것을 말이다.

가장 가깝고 편한 사이일 수록, 지켜야 하는 것을 지키고 예의를 갖추어야 한다. 그러지 않으면 누구도 그 균열을 막을 수는 없다. 남자1은 시간이 만들어 낸 그와 같은 사고를 치유하기 위해선 그것과 비슷할 정도의 긴 시간이 필요할 것이라고 생각했다. 그리하여 억지로 두 사람을 다시 이어 놓으려고 애쓰지 않았다. 왜냐하면 멀리 있든 가까이 있든 그들은 남자1과 2와 3이 아닌가. 함께 가지 않아도 가슴 안에 늘, 서로의 행복을 바라는 마음이 깃들어 있다. 너무나 가까웠기 때문에 그들에게 '멀어진다'라는 표현은 다소 어색한 어감으로 다가올 지도 모른다.

　허나 닿아있는 것에게도 심리적 거리라는 것은 있다. 이어져 있는 것들에게도 머뭇거림이 있고, 심지어는 하나로 이루어져 있는 것 속에도 수많은 갈등이 있다. 아프지만 인정해 보는 일은 또 하나의 연결일 것이다. 결코 무너지지 않을 관계, 깨지지 않을 사이는 없다는 것을. 거리가 너무 지나치면 대상은 현실성을 잃고 작위적인 방식으로 흐려져 갈 것이다. 반면에 이 거리라는 것이 부족해도 우리들은 본질을 너무 사적인 대상으로 치부해 버리기 쉽다. 균형을 깨달아 가고 있다고 생각하자. 멀어지는 것이 아니라, 함께 서로의 걸음에 발을 맞추어 가는 중이라고. 그렇게 믿어보자.

체온

괜스레 왜 그런 거 있잖아. 같이 누워서 이런 저런 서로가 살아온 이야기로 하루를 마감하는 거. 이 상처는 어쩌다 생겼는지, 어렸을 땐 어떤 게 참 무서웠다라든지, 나는 무엇을 좋아하고 왜 그걸 좋아하게 됐는지 조금 두서 없어도 거리낌없이 서로가 살아온 이야기를 나누는 거. 그런 부담스럽지 않은 작은 고백들로 이루어진 대화들이 그립단 말이야.

어쩌면 표정에 가려진 말들은 차갑고 공허한 것 같아. 그런 건 좀 내려 놓고 싶어. 불은 꺼도 좋아. 의심의 여지가 없는 솔직한 표현들이 있다면 얼마나 좋을까. 더할나위 없는 그 감정의 온기, 가끔은 체온을 느끼면서 나누는 대화가 그리워. 종종 우산 없이도 비를 맞는 것처럼. 눈빛의 밀도로 전해지고 싶은 거지. 편집된 감정들은 세탁물 더미 속에 던져 버리자. 우리는 지금 존재하지만 고로 소멸하고 있잖아. 어둡고, 가난하여도, 따스하고, 애틋하고 싶어. 남들 눈엔 초라한 광경일진 몰라도 나에겐 그것만큼 소중한 것이 없는 걸.

무제

오직, 당신에게만 보여주고픈 내 모습이 있어. 세상의 모든 금은보화를 다 바쳐도 사지 못하고, 그 어떤 자유가 주어져도 감히 드러낼 수 없는, 나의 가장 깊은 곳에 드리워진 모습. 빛나지 않을지도 몰라. 슬프고 가여워 보일 지도 모르지. 허나 당신이 그 모습을 보게 된다면, 말없이 나를 꽉 끌어안아주지 않을래? 그런 나를 보여준다는 건 말이야. 너를 누구보다 사랑한다는 뜻이야. 세상 무엇보다 당신이 소중하단 뜻이야. 너를 사랑하기 위해서라면 내 인생의 모든 비밀이 탄로나도 두렵지 않다는 뜻이야.

사전

　사전을 읽는 취미가 있다. 이런 이야기를 했다가 상대방의 '당최 못 볼 것을 봤다는 표정'과 마주하기도 했지만……"그러니까 뭐? 사전을 읽는게 취미라고?" 분명하게 말하지만 꽤나 재미가 있는 일이다. 특히나 바둑용어사전의 경우 읽어 내려갈 수록 그 안에 인생사 새옹지마가 다 나열되어 있는 듯한 느낌을 받는다.

　사전, 단어의 뜻을 일정한 순서에 따라 배열하고, 그 뜻과 해설을 엮어 놓은 꽤나 두터운 책. 그 속에는 묘하게 사람의 마음을 포용하는 너그러움이 있다. 가만히 들여다 보고 있으면 마음을 아주 천천히 어루만져주는 정적인 감동이 느껴질 것이다. 물론 이 글을 읽는 몇몇은 아마 못 볼 것을 봤다는 표정이겠지만, 사전은 겉으로는 두껍고 꽤나 투박해 보여도 알고 보면 바른말만 하는 친구다. 대개 '사전'하면 낱말의 뜻을 적어둔 국어사전을 떠올리지만 세상에는 수많은 사전이 있다. 우리가 흔히들 떠올리는 그 사전은 '보통사전'이며 단어의 의미, 품사, 용법, 어원, 등을 설명해 놓은 책을 말한다. 반면에 '특수사전'이라 하여 역사, 문학, 음악, 미술, 등 각각의 전문 분야에서 사용하는 용어나 언어들을 다루는 사전도 있다.

　나의 경우 '보통사전'을 읽을 때는 그냥 순서에 상관없이 아무 페이지나 펼쳐서 제일 처음 눈에 들어온 단어를 읽는다. 예컨대 '사각'이라는 단어를 읽는다고 치자. 그 뜻은 하나가 아닐 것이다. 같은 모양을 하고 있지만, 단어는 그 안에 몇몇 다른 면들을 지니고 있다. 마치 한 명의 사람처럼.

　사각. [명사]. 1.어느 각도에서도 보이지 않는 범위. 2.관심이나 영향이 미치지 못하는 범위를 비유적으로 이르는 말. 3.총포의 사정거리 안에 있으면서도 무기의 구조나 장애물 때문에 쏠 수 없는 범위.
　사각이라는 명사의 뜻을 읽고 난 뒤, '사각사각'이라고 이라고 발음해 보았다. 이내 같은 말을 두 번 반복하였을 뿐인데 뜻은 전혀 달라진다. 그럼 이번엔 '사각사각'의 뜻을 한번 찾아볼까.
　사각사각. [부사]. 1.눈이 내리거나 눈 따위를 밟을 때 잇

따라 나는 소리. 2.연한 과자나 배, 사과 따위를 자꾸 씹을 때 나는 소리.

　이런 식으로 단어를 조합하거나 재배열하여 그 뜻을 계속해서 쫓아가다보면 어느새 시간은 금방 지나간다. 비슷한 모양을 대강 짜맞추거나 배치하여도 사전은 나의 장난스러운 행위에 너그럽게 맞장구를 쳐주는 것이다. 언제부터 사전을 가지고 노는 일을 즐겼는지는 잘 모르겠지만, 어느새 자연스럽게 사전을 통한 단어들의 연상은 사려 깊은 나만의 유희적 도구가 되어있었다.

　요즘은 특히 바둑용어사전, 혹은 헤겔 사전을 즐겨 읽는 중인데, 가만히 읽다 보면 절로 감사의 표현을 하고 있는 나를 발견한다. 그도 그럴 것이 내가 바둑의 룰을 잘 몰라도, 헤겔 철학을 잘 알지 못해도 사전은 한사코 나를 외면하거나 무시하지 않기 때문이다. 곰곰이 생각해보면 그들은 최대한 있는 그대로를 전달하기 위해 애쓰는 존재들이다. 이를 테면 언어라는 그릇에 담겨진 사물이나 현상의 본래 뜻을 가장 정확하게 전달하고자 함이 그들 존재의 목적인 셈이다. 그 얼마나 감사한 존재인가. 사전이야말로 뜻의 마지막 안식처임이 분명하다.

사전을 읽을 때면 늘, 떠오르는 생각이 있다. 요즘은 사전을 읽듯이 그 뜻을 낱낱이 들여다 보기가 점점 어려워 진다는 것이다. 오늘날에는 너무 많은 것들이 그 뜻을 제대로 음미하기도 전에 사라져 버리는 기분을 느낀다. 상대의 말이 어떤 의미인지 고민해 볼 시간도 없이 대답을 요구당하거나, 혹은 쉽게 단정지어 버린다. 끝내는 그 단어의 뜻을 오용한 표현들이 감정을 잘못된 경로로 인도하는 것이다.

예컨대 대화를 나눌 때 단순히 문법을 틀렸다고 해서 상대의 마음을 아프게 하는 것은 아니다. 허나 정확하게 전달되지 못한 의미들은 서로를 아프게 한다. 어렸을 적엔 모르는 단어가 나오면 곧잘 사전을 펼쳐보곤 하지 않았던가. 바로 현대인에게도 그런 자세가 필요하다. 그 언어나 행동이 어떤 의미를 뜻하고 있는지 곰곰이 들여다 볼 시간, 그것은

그 자체로 치유와 반성의 시간이 될 것임으로 모두에게 유익
하다.

그러한 사유는 따분하거나 번거로운 일이 아니라, 서로간
의 존중을 위해 꼭 필요한 과정인 셈이다.

영국문화원이 비영어권 국가 102개국, 4만여명을 대상으로
'가장 아름다운 영어단어'를 묻는 설문을 진행한 적이 있다.

1위를 차지한 단어는 무엇일까.

정답은 'Mother'

우리는 '어머니'라는 단어 앞에서
가장 성숙한 아름다움을 느낀다.

1964-1996

아휴 어머니 생각나는구만, 근데 광석이는 왜 그렇게 일찍 죽었다니. 야야 광석이 위해서 딱 한 잔만 하자.

영화 공동경비구역JSA에서 내가 가장 좋아하는 장면, 극 중 오경필 중사(송강호)가 라디오에서 흘러나오는 김광석의 이등병의 편지를 듣는 부분이다. 오경필의 대사가 지나고 나면, 남북한의 병사가 라디오 안에서 흘러나오는 음악 하나로 서로의 청춘을 다독이며 함께 사진 한 장의 추억을 남긴다.

이상하게 이 장면이 계속 떠올라서 몇 번이고 영화를 다시 본 기억이 있다. 언제나 이 장면에서 나는 눈물이 차올랐다. 그 음악, 노랫말, 약간 오른 취기, 무언가를 그리워하는 눈빛들과 군시절의 묘한 경험들이 아스라이 어우러지며 내 가슴에는 알 수 없는 기분이 꽉 들어찬다.

故 김광석은 생전에 긴 우울을 겪었다고 익히 들었다. 그 것은 어떤 것이었길래 그를 그토록 외롭게 하였을까. 허나 나 역시 긴 우울의 경계를 드나들면서 느낀 것이 있다면 그 것은 구태여 정확한 이유나 실체가 없다는 것이지……. 그의 노래 '일어나'를 듣고 있으면 희망찬 가사에도 무성하게 눈 물이 여울진다.

[1]가볍게 산다는 건 결국은 스스로를 얽어 매고
세상이 외면해도 나는 어차피 살아 살아있는 걸
아름다운 꽃일 수록 빨리 시들어 가고
햇살이 비추면 투명하던 이슬도 한순간에 말라버리지

일어나 일어나 다시 한번 해보는 거야
일어나 일어나 봄의 새싹들처럼

───────

1 김광석, 일어나

그의 서정적인 가사와 건조한 음색은 묘하게 사람의 마음을 움직인다. 마치 음악으로 시를 쓰는 사람 같다. 군대에서 복무하던 시절, 대부분의 생활관에서는 신나는 아이돌 음악들을 틀어 놓곤 했었지만 그럼에도 비가 오는 날이나, 마음이 지치는 날엔 유독 김광석의 노래를 옹기종기 모여 듣곤 했었다.

사회에 나와 하루가 어떻게 흘러가는 지도 모른 채 무작정 어디론가 달리기만 할 때, 문득 전우들과 함께 부르던 그 노랫말이 떠올라 멍하니 하늘을 올려다 본 적이 있다. 지금 생각해보면 인연이라는 것이 참 묘하다. 전국 각지에서 올라온 사람들이 한대 모여 난데없이 전우가 되더니, 이제는 그들을 그리워하기에 이르렀다……. 회사를 다니던 때, 외근을 가던 중 떠오른 것은 바로 어느 이름 없는 밤의 추억이었다. 지하철을 놓치고 거친 숨을 고를 때, 목을 조여오는 답답한 넥타이를 풀어헤치며 나는 그 밤을 떠올렸다. 강원도 인제, 어느 산길 눈밭에 누워 다 함께 김광석의 노래를 부르던 그 밤, 하늘은 높고, 별빛은 깊었다. 노래를 부르며 한동안 우리들은 입을 크게 벌린 채로 누워있었지. 내리는 눈발은 생소한 온도 차를 견디지 못해 이내 녹아버렸고 우리들은 말없이 하늘에 각자의 꿈을 그리고 있었다.

　이윽고 마지막 노랫말이 흘러나오자 몇몇은 울었고, 울지 않는 이들은 애써 담담한 척 눈을 털어내며 자리를 일어났다. 그 이름 없는 밤, 이름 없는 자리들이 그리워질 줄이야.

　이제 다시 시작이다. 젊은 날의 꿈이여.
　이제 다시 시작이다. 젊은 날의 꿈이여…….

안정제

　안정제나 수면유도제로도 벗어나지 못했던 불면증은 오늘 내가 느낀 감정을 타당한 것이라고 인정하는 것으로부터 해소되기 시작했다. 그러니까, 숙면을 위한 근본적인 방법은 낮 동안 경험한 사건들을 마땅히 가치 있는 일이라고 느끼는 일이다. 주어진 하루를 열심히 살고 느꼈던 감정들을 부인하지 않는 것, 결국 내 삶에 만족하는 시점부터 잠자는 시간은 깊고 달콤해진다.

어느 겨울,
오타루에서

　어느 날은 그리운 이에게 안부를 묻기 위해 여행을 떠났다. 함께 보던 영화의 장면을 바라보며 '세상에 저런 곳이 있네.'하며 확장된 동공으로 연신 그 모습을 담아내던 곳. 그날의 우리가 떠올라서 아무 계획도 없이 그리움에게 안부를 묻고자 그곳으로 향했다. 세상은 온통 눈에 뒤덮여 있었다. 손끝에 맺힌 추위를 입김으로 몰아내면서 조심스레 눈 위로 걸음을 옮기자, 가지런히 쌓여있던 눈들은 이내 무게를 감당하기 위해 뽀도독 비명을 내질렀다.

　숙소에 짐을 맡기고 근처 오뎅 가게 처마 밑에서 오뎅 국물을 마시며 눈을 감상했다. 끝없이 내리는 눈으로 작은 소음들은 멀리 이민을 떠난 듯했다. 세상이 고요하고 새하얗게 물들어 있었다. 거리 위로 말없이 걷는 모든 이들은 긴긴 그리움에게 안부를 던지듯 입김을 내뱉으며 저마다의 기억에 젖어 드는 것처럼 보였다.

　눈은 밤이 되어서도 그치지 않았다. 창 밖으로 조명에 반사된 눈들이 캄캄한 밤을 안아주며 소복이 쌓여가던 시간,

운하 근처에서는 어린 아이들과 연인들이 눈 위에 글씨를 쓰기도 하고 사진도 찍으며 지금 이 순간을 어여쁜 추억으로 빚어가고 있었다. 창을 통해 그 모습을 관람하던 나는 어느새 말없이 웃고 있었다.

그리곤 이내 내가 왜 여기를 택했을까 하는 생각이 들었다. 사랑이 떠나간 뒤 나를 찾아온 긴 여운, 그 안에서 나를 수없이 울리던 그리움의 진원을 찾기 위함이었을까. 맥주 한 캔을 따며 방안 가득 들어선 쓸쓸함과 오붓하게 술을 마셨다. 시간이 얼마나 흘렀을까. 무심코 창 밖으로 시선을 옮겼을 때, 어느새 눈은 멎어 있었다. 한마디 말도 없이 아주 조용하게 멎어버렸다. 그렇게 펑펑 쏟아지던 눈이었는데…….

나는 알 수 없는 기운에 이끌리듯 급히 나갈 채비를 했다. 장갑과 목도리를 두르고 도시의 이곳 저곳을 걸었다. 그리곤 어느 한적한 골목에 들어서자 갑자기 울컥 눈물이 차올라 나도 모르게 울어버렸다. 자정의 후미진 온기에 기대어 그렇게 한참을.

왜 그랬을까. 왜 한마디 말도 없이 조용하게 멎어버렸던 것일까.

그렇게 펑펑 쏟아지던 눈이었는데…….

처마 밑에서 오뎅 국물을 마시고 있는데, 어떤 한국인 커플이
한참을 망설이다 수줍은 표정으로 묻는 것이 아닌가.

オルゴール博物館はどこにあります?
오르골 박물관와 도꼬니 아리마스?

나는 일본말은 잘 모르지만, 대충 오르골당의 위치를 묻는 질문
같아서 호르륵, 오뎅 국물을 한 번 더 마신 뒤에 손가락으로
방향을 가리켜주었다.

あそこです
아소코데쓰.

며칠 뒤 공항에서 그 커플(그날과 같은 주황색에 방울이 달린 커플 비니
를 쓰고 있었기 때문에 나는 멀리서 한눈에 그들을 알아 볼 수 있었다.)을
다시 마주쳤는데, 나는 최대한
그들의 시야에 띄지 않기 위해 노력했다.

두 사람의 추억을 모쪼록 방해하기 싫은 기분이었다랄까.

등잔 밑

　그러니까 전등은 켜 두었다면 *끄*기 전 까지는 불을 밝히고 있는 것이 보통인데, 어째서 마음은 사랑한다 고백한 뒤로, 사랑하지 않는다고 말한 적도 없이 꺼져버리냐는 말이지. 짐작하건대, 말이라는 것이 마음의 스위치는 아닌 거야. 말하지 않아도 불은 켜질 수 있고 침묵하고 있어도 어둠은 내리는 거지. 실은 마음을 말로 확인하려는 행위들은 무의미해.

가장 따뜻한 거리

어떤 관계가 삐그덕 거릴 때, 섣부르게 책임을 전가하거나 미워할 이유는 없는 것이 아닐까. 왜 그런 말이 있지 않은가. 금이 간 종은 깨진 소리를 내지만 그것을 따로 떨어뜨려 놓으면 모든 조각들은 맑은 소리를 낸다고.

멀어지면서 더 아름다운 소리를 내는 관계들이 있다. 그 침묵의 세계가 그들 각자에겐 따뜻한 거리이며 유일한 이해가 될 수도 있는 것이다. 어쩌면 서로 간의 가장 따뜻한 심리적 거리를 찾아내는 길이, 상대방을 이해하는 유일한 일인지도 모른다.

꿈

사람들은 꼭 그러더라.

"부럽다. 너는 참 좋겠다. 네가 좋아하는 일을 하니까 말이야."

그런 말을 하는 사람들은 대부분 중요한 사실을 인지하지 못하는 경우가 많다. 좋아하는 일을 지속하기 위해서 포기해야만 하는 그 수많은 것들에 대해서 말이다. 그것은 단순히 환경적인 요인이나 자질의 문제만은 아니다. 나는 그런 말을 들을 때면 어금니를 꽉 깨물고 웃는다.

아마도 그 모습이 좋아하는 일을 업으로 삼는 사람들의 상징적인 단면일 것이다. '어금니를 꽉 깨물고 웃는다.' 직업이 되는 순간부터 좋아하는 것에서 느끼던 태초의 기쁨을 마냥 자유롭게 누릴 수 없다. 어쩌면 다른 직업을 가지지 않는 이상 그 이상적인 즐거움의 형태는 영영 나와 대면해 주지 않을 지도 모른다.

과정으로도 충분히 행복할 수 있었던 것이, 충실한 결과를 이루어 내지 못하면 이내 암울한 현상으로 내 발목을 잡을 때가 많다. 좋아하는 일을 직업으로 삼는 사람들에게 변명같은 것은 허락되지 않는다. 세상이, 주변인이 나에게 냉정해 진다. 구원을 요청할 길은 오직 그 행위로 인한 만족감과 작품의 결과로부터 오는 대가가 전부다. 그리고 반복, 끝없이 이어지는 창작과 비판, 그 사이에서 소스라치게 놀라 겁먹은 표정을 지어도 누구도 나를 연민의 시선으로 바라봐 주지 않는다. 왜냐하면 나는 좋아하는 일을 직업으로 삼고 있으니까.

이렇듯 좋아하는 것을 직업으로 삼는다는 것은 자신에게 허락된 가장 원초적인 행복 하나를 포기한다는 뜻이다. 그것이 어떤 분야이든, 그 순수한 환희를 다시 느끼긴 어렵다. 그럼에도 포기할 수 없어서 지속하고, 그럼에도 놓을 수가 없어 부여잡고 있는 일이 좋아하는 일을 업으로 삼는 사람의 기본적인 태도가 아닐까.

분명, 글을 쓰는 일은 여전히 나를 기쁘게 한다. 완벽히 몰입된 순간의 나는 세상으로부터의 해방을 경험한다. 그 짧은 느낌들이 삶의 테두리를 따라 글을 쓰기 위한 방향으로 철저히 나를 몰아붙인다. 매순간 고독과 소외감의 경계를 헤매고 가끔 엉망진창이 되어 마음이 뿌리째 뽑히는 통증을 경험하기도 한다. 그럼에도 되돌아갈 수 없다. 나의 선택이니까. 내가 사랑하는 것이니까.

다시 태어나도 작가가 되겠냐는 물음에, 나는 쉽게 입을 열지 못하겠다. 이 긴 외로움 끝에서 나를 기다리는 것이 무엇인지 알지 못하기에, 차마 단호히 그렇다고 말을 이을 수가 없다. 그러다가도 어느날은 너무 기쁘다. 한 편의 시를 쓰고 조용히 그것을 읊조리고 있는 순간의 모든 기척들이 나를 완벽하게 만들어 준다. 문학은 때때로 나를 궁지에 몰리게 하고, 문학은 때때로 나를 찬란한 빛으로 인도해 준다.

마치 오래된 짝사랑이 흘깃 나를 바라보며 웃어주듯이……
놓을 수가 없다. 끼니를 거두어도 글은 써야 한다.
밥벌이가 아니라, 존재하기 위해서 그것은 행해져야만

한다.

　이따금 절박해지고, 드문드문 한결 수월해진다.

　작가가 된 이후로는 내 인생이 꼭 그렇게 되어버린 듯하다.

여백

"우리, 서로 이렇게나 가까운데 왜 사랑하진 않을까?"

"내 느낌으론 말이야,
우리한테는 여백이란 게 없어.
너무 잘 안다는 그 기분이 사랑보다는
오히려 연민의 감정을 불러일으키는 것만 같아."

"그럼, 사랑은 서로를 모르는 거야?"

"글쎄, 사랑은 잘 모르면서 맞다고 믿어보는 거 아닐까.
이전에 내가 사랑한 사람, 실은 그런 사람아니었어.
내가 그렇다고 혼자 착각하고, 거기에 그를 가둬 두려
고 했던 것 뿐이야."

"사랑은, 확신했지만 잘못 들어선 길 같은 거구나?"

"아마도…… 사랑은 막다른 길이야.
벽 너머에 그 사람이 있다는 걸 알아.

하지만 길은 모르겠어."

가을

　계절이 변할 때면, 무언가 그에 걸맞은 행보를 함께 걸어야 할 것만 같은 기분이 든다. 가령 맨 처음 그 시집에 밑줄을 그을 때와 같은 날씨가 찾아오면 이내 책장에서 책을 꺼내 어딘가를 향하듯이. 분위기는 비슷하지만 그 느낌의 안색은 정확하지 않고 그때그때 미세하게 다른 표정을 짓는다. 오늘은 낙엽이 다 져버렸다고 말했더니, 당신은 저기 바닥에 그대로 있다고 말했다. 맞다. 위에서 아래로 떨어졌을 뿐, 낙엽은 공연히 이 세상에서 휘청거린다. 당신은 없다. 그러나 당신의 소리들과 기억들이 여전히 곁에서 가늘게 흔들린다. 이리저리 복잡하게 살아봤지만 과거를 따돌릴 순 없었다. 그리움은 무엇보다 영민하지 않던가. 기어코 뒤를 졸졸 따라오던 녀석을 감히, 나 몰라라 할 순 없었다. 나의 애인은 과거에 있는데, 나는 지난 몇 해 동안 그에게 간곡히 헤어지자고 부탁했었다. 오늘은 그날이다. 가을 하늘이 노랗게 익어갈 때즘, 그에 걸맞은 사랑의 부고가 전해지는 날. 나는 수의 대신에 기다란 코트를 입었다. 당신이 좋아하던 옷, 지난 날의 채취가 가득한 품 속에서 마른 꽃잎 하나를 주섬주섬 내어놓는다.

가을입니다. 아직, 낙엽이 다 지지 않았습니다.
모쪼록 나는 아직 살아 있어,
당신을 다 잊지는 못하겠습니다만은
이제는 서로에게서 자유로워 질 때도 되지 않았나
하는 생각이 듭니다.

아직은 가을입니다. 취기 오른 새벽녘처럼
당신이 여전히 내 곁에 있는 것 같은 기분이 듭니다.
나의 오래된 애인이여.
오늘은 아끼던 시집 속에 그은 한 줄을 열심히 지워보았습니다.
이제 눈으로는 잘 보이지 않으나
손끝으로 만져보니 무엇이 있던 자리임을
숨길 수는 없었습니다.

당신의 이름 아래 그어 놓았던 한 줄의 곧은 마음
지난 몇 해 동안 열심히 지워보았습니다.
이제는 더듬어보면 겨우 알 수 있을 정도지만,
그 자리 만큼은 무엇으로도 채워 놓을 수 없다는 사실 또한
분명하지요.

면밀히 들여다보면 아마 많은 것들은 여전히
그 자리에 있을 겁니다.
그 흔적들이 의미하는 바는 무엇일까요.
어쩌됐든 오늘은 부고를 전하러 왔습니다.
우리의 주검이 여기에 있습니다.
더듬어보면 어디인지 알 수 있으니,
마지막으로 한 번 쓰다듬어 주세요.

여전하네요.
고맙습니다.

아버지

　언젠가 아빠가 하도 큰소리로 말을 해서 나는 좀 조용히 말해 달라고 푸념을 늘어놓은 적이 있다. 그냥 조근조근 말을 해도 될 것을 왜 그렇게 크게 소리를 쳐야 한단 말인가. 당시에 나는 그것이 우리 아빠의 습관이나 호탕한 성격 탓이라고만 생각했었다. 하루는 같이 가게에서 티비를 보다가 '아빠'하고 불렀더니, 아무런 반응이 없었다. 정신이 티비 쪽으로 쏠려 있어 그렇단 생각에 다시 '아빠'하고 불렀지만 그는 여전히 아무런 반응이 없었다. 나는 그때 아빠가 귀찮아서 그런가보다 싶어 더는 부르지 않았다.

　시간이 흘러, 아빠가 한창 스마트폰에 대해 흥미를 갖기 시작했을 무렵, 내게 무언가를 가르쳐 달라는 요청이 많아졌다. 나는 조금 귀찮은 생각이 들어서 빨리빨리 설명을 하고 넘어갔는데, 글쎄 아빠가 당황스런 표정으로 좀 천천히 말을 해 달라는 게 아닌가. 그리고 아빠는 내가 자신의 왼쪽이 아니라 오른쪽 편으로 굳이 자리를 옮겨서 설명을 해 주길 바랐다. 나는 "그쪽에서 설명을 하나 여기서 설명하나 다 똑같지 뭘" 하며 그 자리에서 다시 한 번 설명을 했는데, 이번에도 아빠는 꽤나 난처한 표정으로 나를 멀뚱멀뚱 바라볼 뿐이었다.

아빠는 왼쪽 귀의 청력을 상실해 있었던 것이다. 그래서 자꾸만 큰소리로 말하고, 내 질문에도 아무런 반응이 없었던 것이었다. 한 집에 살면서 나는 왜 그 사실을 몰랐던 걸까. 대체 우리가 몇 년을 함께 살았는데, 왜 나만 몰랐을까. 제대로 듣지 않고 있었던 건 나였고, 막무가내로 소리만 지르고 있었던 것도 나였다. 문득, 자세히 들여다본 아빠의 손은 차갑고 딱딱해 보였다. 나는 왜 그 손을 한번 어루만져 주고자 다가서지 못했던 걸까.

부끄러워서 한동안 고개를 들지 못했다.

조금만 친절하게 설명해줄 순 없겠니.

너희들이 잘 모를 땐, 내가 다 가르쳐 줬잖아.

오락실에서

　나는 혼자 있는 것을 좋아했다. 아주 어렸을 적부터 맞벌이를 하시는 부모님이 일을 가고 누나가 학원을 가면 나는 그 혼자만의 시간 동안 비디오테이프를 빌려보거나 오락실을 가는 것으로 채워 놓곤 했다. 어렸을 적엔 그렇게 단돈 몇 백원으로 충분히 즐거웠는데……. 아무튼, 주머니 속에 동전을 찰랑거리며 동네 오락실에 들어서면 눈에 익는 몇몇의 사람들이 각자 분주하게 자신 앞에 놓여진 게임기를 부여잡고 임무를 수행하고 있었다. 그 중에서는 늘, 나와 같이 게임을 하던 형이 한 명 있었는데, 이름도 모르고 그냥 어렴풋이 나보다 나이가 서너 살쯤 많다라는 것 정도만 아는 사이였다.

　그 형은 철권이라는 게임의 고수였다. 그 사람이 게임을 하고 있으면 나 또래 꼬맹이들은 그 뒤에 이열횡대로 나열하여 연신 탄성을 내뱉으며 관람을 하곤 했었다. 나는 늘, 호기롭게 도전했으나 결과는 언제나 나의 패배. 그렇게 한 번도 그 형을 이기지 못한 채 나는 교복을 입게 되었다. 철권의 고수로부터 다년간의 수련아닌 수련을 거듭한 결과, 중학교 3학년 즈음 어느새 오락실에는 내 뒤로 이열횡대로 늘어선 꼬

마 부대가 화려한 추임새를 더해주고 있었다. 그리고 바로
그 날.

어깨 한 쪽에 딱 봐도 무거운 수험서적으로 가득한 가방
을 둘러매고, 우리동네에 공부 좀 한다는 학생들이 입는 고
등학교 교복을 입고서, 기억에서 보다 더 큰 키와 덩치를 지
닌 한남자가 등장했다. 철권의 절대고수, 그 형이었다. 나는
그의 실력을 익히 알고 있던 터라, 초반부터 진지하게 게임
에 임했다. 꼬마들은 축제라도 벌어진듯 나와 형을 번갈아
오가며 마구 소리를 질러댔다. 결과는 나의 승리, 처음으로
그 형을 이기게 된 나는 조금 멍한 기분이 들었다. 내가 그
고수를 이기다니! 그 형은 오락실을 나서며 흘깃 나를 향해
웃었다. 그리곤 나직하게 말했다.

"이제 잘하네."

나는 아무런 대답도 하지 않고 그저 멍하니 자전거를 타
고 사라지는 그 모습을 바라만 보았다. 이건 뭘까. 위로를

받았다기 보단, 위로를 당했다고 표현해야 맞는 건지도 모르겠다. 등 뒤에서 탄성을 지르던 꼬마 중에 한 명, 늘 도전에 실패해서 텅 빈 호주머니에 손을 넣고 터덜터덜 집으로 돌아가던 어린애, 여간 서툴러서 뭘 좀 잘 몰랐던 시절의 나를 저 사람은 다 기억하고 있었다니. 그 뒤로 나는 한 번도 그 형을 만난 적이 없다.

헌데 요즘 들어 불쑥, 그 한마디가 내 마음을 쓸어내릴 때가 있는 것이다. 어딘가에서 우연히 마주치게 된다면, 나는 다시 그 말을 들어볼 수 있을까. 멋쩍은 웃음과 함께 나지막이 전해지던 그 한마디를.

"이제 정말 잘하네. 그 정도면 문제없을 것 같아."

한동안

한동안은 생각이 너무 많아서 머리에서 웅웅 소리가 난다. 음악을 크게 틀어 놓아도 그것들이 밀려나는 것은 아니다. 나는 그럴 때, 바다에 가고 싶다. 물 속에 들어가 있으면 그 울림들이 다소 천진난만한 속삭임처럼 들리기도 해서다. 또 한동안은 아무런 감정이 없음을 느낀다. 전혀 와 닿지 않고, 어떤 말에도 상처받지 않으며, 무엇에도 사랑을 느끼지 못한다. 바짝 메말라서는 슬픈 장면 앞에서 눈물의 이유를 찾지 못할 때도 있다. 그러나 아프지 않다는 것은 아니다. 어떤 날, 나는 마음이 너무 풍족해서 어쩔 수 없이 대화를 나눌 만한 사람들을 찾아 헤맸는데, 또 어떤 날은 아무 것도 없이 텅 비어 있어 혼자 길을 걷고 있음을 깨닫곤 한다. 눈을 감았을 땐, 분명 쏟아지는 소나기 속에 내가 있었는데 눈을 떠보니 이내 깜깜하고 조용한 밤이다.

돌아가고 싶은 순간과 돌아가고 싶지 않은 시간들이 맞물리며 애처롭게 호소하는 날이면, 한 권의 소설을 읽는 것보다 한 편의 시가 더 오래 가슴에 남아, 시간이 가는 줄도 생각에 잠긴다. 마음이 헛헛하다. 지금 이 감정의 어원은 끝내 오래도록 가슴 안에 묻어 두어야 할 것만 같다.

옛 연인

오늘은 나의 옛 연인들이 다 무얼하고 살까 싶은 마음에 인터넷에 검색을 해봤다. 포털사이트 검색어란에 떡하니 '옛 연인'이라고. 어떤 내용이 펼쳐졌을까. 단어의 어감과는 달리, 순 강력범죄들이 주르륵 나와있었다. 협박, 폭행, 심지어는 살인까지. 아니, 옛 연인에게 대체 왜들 그러는 것이죠. 사랑했다면서요. 나는 불쑥 얼마전 관람한 이상일 감독의 영화 〈분노〉의 대사 한 구절이 떠올랐다.

"너무 믿었기 때문에 용서할 수 없었다."

그와 같은 맥락으로 신문기사 속의 옛 연인들은 피해자가 된 것일까? 용서받지 못해서? 하지만 용서하지 않는 것과 그 사람을 다치게 하는 것은 전혀 다른 일인데…… 그렇다면 저건 사랑이 아니라 심판에 가까운 행위가 아닌가. 사랑했다는 이유만으로 나에게 상대방을 심판하고 처벌할 권력이 생기는 걸까? 전혀, 그렇지 않다. 저건 사랑이 아니라 그냥 해코지일 뿐이다. 옳지 않다. 대체 언제쯤 사랑은 폭력의 오명으로부터 벗어날 수 있을까. 그 사람을 평생 용서하지 않는 것

은 개인의 자유지만 사랑했다면서, 진짜 때릴 것까진 없잖
아. 마음의 멍도 채 가시지 않았을 텐데.

　세상의 모든 치고받고 싸우는 헤어진 사람들이여. 그거 알
아요? 때린데 또 때리는 건 진짜진짜 나쁜놈들만 하는 거거
든요. 옛사랑을 두들겨 패면, "그래, 나 한대 맞으니 생각이
바뀌었어. 우리 다시 한번 사랑을 속삭여 보지 않을래?" 그럴
것 같아요? 저 비명소리를 좀 들어봐요. 막 살려달라고 하는
것 같아. 그러니, 이제 그만 좀 합시다.

평범함에 대한 찬사

자기소개를 해야할 때면 보통 꽤나 두서 없는 말을 늘어놓는 편이지만 대개는 스스로 시시한 사람임을 누설하려고 애씁니다. 왜냐하면 실제로 나는 스스로를 별로 대단할 것도 없는 사람이라고 생각하곤 하니까요. 결코 자존감이 낮다는 뜻은 아닙니다. 그건 내가 특별하지 않아도 나는 나를 사랑한다는 말의 동의어인 셈이지요.

굳이 특별해지기 위해 애쓰지 않는 순간부터
삶은 조금씩 내 것이 되어가더군요.
나는 그런 나를 사랑합니다.
아주아주 평범한 나를.

굳이 특별해지기 위해 애쓰지 않는 순간부터

삶은 조금씩 내 것이 된다.

어느덧,
자정을 넘긴 시각

　간간히 사람들을 만날 때, 넌 왜 그렇게 현실을 미련하게 사느냐는 푸념 섞인 충고를 듣곤 한다. 그 말의 의도는 마냥 순진한 사람이 잘 되는 세상은 아니라는 뜻이겠지……. 아예 근거 없는 말은 아니니까, 가만히 멋쩍은 웃음을 대답 대신에 전할 때가 많다.(아니, 그렇다고 내가 마냥 순진하다는 건 아니다.) 감정이 곧잘 얼굴 표정으로 드러나는 나로서는 평소 같으면 그런 말을 듣고서 얼른 불편한 기색이 가득했겠지만, 서로간에 애정이 있는 사이니까 멋쩍은 미소라도 짓는 것이다.

　또 누군가는 이렇게 표현하기도 했다. "네가 쓰는 소설처럼 현실은 마냥 순탄하지 않아, 행복하기 위해선 조금 더 이기적일 필요가 있는 거야." 그러나 그 말을 들었을 땐, 나는 오히려 그 충고로부터 자유로워 짐을 느꼈다. 나는 한 번도 소설을 순탄하게 쓴 적도, 그렇게 표현한 바도 없기 때문이다.

　그러니까 그 말은 나를 잘 모르고서 하는 말이지. 더 이기적이면 행복할 수 있을까. 내게 행복이란 궁극적으로 마음의 크고 작은 동요가 없는 상태를 의미하는데, 그렇다면 적어도 나에겐 행복하기 위해서 조금 더 이기적일 필요가 있다는 말은 성립되기 어려운 문장인 것이다.

스스로를 이기적인 사람이라고 느낄 때, 나는 마음이 쉽게 무거워 지고, 답답함을 느끼곤 하니까. 차라리 방어적 인간 관계를 취하지, 이기적인 개인으로 살아가고 싶진 않다. 물론, 가끔씩은 눈 딱 감고 한 번쯤 몹쓸 사람이 되고 싶을 때도 있다. 마이웨이를 외치며 타인의 마음이 어떻든 아랑곳 않고 내 길을 가고 싶을 때도 있다. 내가 상대방을 배려한다고 해서, 상대방도 나를 존중해주는 것은 아니니까.

허나 아무리 생각해도 마음이 불편할 것만 같으니, 그냥 살던 대로 살아야겠다. 어쩌면 처음 몇 번은 운이 좋아 지금까지 바보처럼 살아왔구나 하는 생각이 들지도 모르겠지만, 시간이 흐를 수록 되레 상처받는 것은 나일 것 같은 기분이 든다.

순진하거나, 이기적이거나 그것을 본인이 직접 선택하여

삶에 적용하는 것이 가능하기나 할까. 어른이 되고, 의식적으로 내 행동을 조절할 수 있다고는 해도 삶을 대하는 마음가짐마저 갑작스레 바꾸기는 어려울 것 같다는 생각이 들었다.

그러니 그냥, 살던 대로 살아야겠다. 상처받으면 상처받는 대로, 서운하면 서운한 대로, 지금까지와는 정반대의 나로 살아갈 수는 없을 것 같으니, 그리고 싶지도 않으니 그냥 살던 대로 살아야겠다.

과도기

여행이란 나를 용서하는 시간이라는 생각이 든다. 우리들은 그 기간 동안 평소 나에게 못해줬던 것, 스스로 누리지 못했던 것들에 대한 충실한 보상을 해주고, 쉽게 허락되지 않았던 경험들을 과감없이 느껴볼 수 있는 기회도 가지게 된다.

내게는 음악을 들으면서 낯선 공간을 걷고, 그간 읽고 싶었던 책을 읽고, 그곳의 사람들이 삶을 살아가는 방식을 관찰하는 것이 그러한 보상인 셈인데, 따라서 여행은 하루 중 대부분의 시간을 앉아서 글을 쓰는 것으로 보내는 나를 위한 최고의 선물이다.

예컨대 여행을 떠나 새로운 장소에 도달하면 꼭 새벽에 조깅을 하는 습관이 있다. 그건 그 장소의 첫인상과 마주하는 나만의 의식인 셈이다. 딱히 거창한 이유가 있는 것은 아니지만, 나름대로 의미는 있다. 그곳의 하루가 어떤 방식으로 시작되는지, 공기는 어떤 분위기를 자아내는지, 바람의 질감은 어느 정도인지, 오늘을 시작하는 현지인들의 표정은 어떤 모양새인지, 그곳을 달리면 이 모든 것들에 가깝게 다가설 수 있기 때문이다.

비록, 그 조깅은 언제 끝날지 모른다는 점에서 꿍장히 큰 위험부담이 있지만……. 나는 심각한 난치병을 앓고 있기 때문이다. 병명은 길치. 방향치. 하물며 낯선 곳에선 오죽하랴. 여행을 하는 도중이면 늘, 길을 잘못 들어서고 실수를 연발하는데 주변에 도움을 청하고 싶으나, 다소 내성적인 성격 탓에 머뭇머뭇 대강 느낌으로 상황을 정면 돌파할 때가 많다. 왜냐하면 나는 그곳의 사정을 잘 모르기 때문이다. 일종의 과도기. 하여, 여행에서는 많은 것들이 추억이라는 이름 아래 곧잘 용서되곤 한다.

'괜찮아, 그럴 수도 있지. 왜냐하면 나는 처음이잖아.'

곰곰이 들여다보면 그러한 마음가짐들은 참으로 대견스러운 것이다. 그건 평소에는 좀처럼 품을 수 없었던 너그러운 마음일 테니까. '괜찮아. 이건 여행이니까.' 어째서 그런 느낌들은 여행 동안에만 아무렇지도 않게 허락되는 걸까. 평소 같으면 며칠을 후회하고, 스스로를 비난 했을 사안들임에도 여행에선 대개 쉽게 용서되어 버리곤 했다. 기차를 놓쳐도 다음 것을 타면 되고, 일정이 조금 틀어져도 그때그때 유연하게 상황을 이어가면 아무런 문제될 것이 없었다.

현실로 돌아와, 다시금 일상의 영역에 길들여지면서 나는 생각한다. 왜 여기선 안되는 걸까. 여행은 낯선 곳으로 떠나는 일이기 때문에 그런 걸까? 아니, 우리들도 공평하게 한평생 한 번의 삶을 부여 받는다. 산다는 것도 어찌 보면 조금 긴 여행일 뿐인데. 우리들은 어째서 여행 동안의 품었던 너그럽고, 호기로운 마음가짐을 일상에서 접하긴 어려운 것일까.

그러한 고민에 사로잡혀 있을 때면, 나는 스스로 아직 여행이 끝나지 않았음을 깨닫는다. 여행이란 본디, 떠나고 되돌아오는 것. 즉 그 본질은 본래의 지점으로 다시 돌아오는 데 있는 것이다. 아마도 그것이 내가 여행을 사랑하는 이유일 것이다. 낯선 곳을 방문하여 다시 본래의 자리로 돌아온다는 측면에서 여행의 최종 목적은 평범한 삶에 대한 자비로운 회귀인 셈이다.

　　여행은 그간의 나를 용서하고 다시금 나를 제자리로 돌려
놓는다. 어긋나 있던 부분들을 새로 조율해주고, 잊혀져 있
던 마음가짐들을 충분히 일깨워 주곤 한다. 그 느낌들은 대
부분 일상의 무게에 곧잘 가라앉곤 하였지만, 그럼에도 이제
는 태연하게 말할 수 있겠다. 길을 잘못 들어서도, 때에 따라
실수를 해고, 내 능력과는 관계없이 상황이 그리 녹록지 않
아도, 자신을 너무 나무랄 필요는 없다고.

태초의 울음의 멎고
우리들은 그간 너무 많은 눈물들을 참아왔으니
삶은 길게 늘어선 외로움 앞에서
매순간 울먹이는 나를 다독이는 시간.
언젠가는 이 긴 여행도 끝이 날 것을 알기에
조금은 스스로에게 너그러워도 괜찮을 거야.
우리들은 다 처음이니까.
처음은 누구나 그럴 수 있으니까.

작은 뜰

　중국을 여행할 때였다. 횡단보도에서 신호를 기다리던 중, 화단에 물을 주고 있던 한 사람에게 눈길이 갔다. 사실 그 모습은 내게 별다른 의미로 다가오지 않을 정도로 아주 일상적이고 평범한 모습이었음에도 불구하고, 나는 어느새 무의식적으로 그곳에 가까워지고 있었다. 이내 그 사람의 표정이 보일 정도로 가까운 거리에 도달했고 나는 작게 중얼거렸다.

　"맞아, 행복이란 저런 거야."

　내 가슴에 그러한 기쁨이 뿌리내리고 있음을 느낄 수 있었다. 실은 좁은 화단이라 해도 꽃이 피지 않는 것은 아니다. 후미진 골목에 오래된 집이었지만, 그의 화단은 사랑스러웠으며 결코 그를 실망시키지 않은 듯 했다. 작은 공간이라 해도 애정으로 가꾸어 나가면 무엇 하나 부럽지 않은 나만의 정원이 되기도 한다.

　어쩌면 나는 그 사실을 너무 오랫동안 잊고 살았던 것 같다. 가슴 속에 작은 뜰 하나만 품고 있다면 사람은 웃을 수 있다.

　행복은 크기에 비례하지 않는다.

방문객

무릇 사랑이란 객지를 방문하는 일.

시간에 뒤처지지 않고 섣부르게 미래를 예단하지 않으며

지금 이 순간 서로가 지닌 마음의 보폭을 헤아려 줄 수 있어야 한다.

질서가 무너져서는 아니 되겠다.

절반은 존경으로 비롯되며, 절반은 두려움으로 귀속된다.

사랑은 소유가 아닌 경외敬畏로 단단해지는 셈이다.

반의어 놀이

달의 반의어는 떼구름
꽃의 반의어는 바람

내가 좋아하는 소설 속에선 주인공과 그 친구가 가끔씩 반의어 놀이를 한다. 처음, 그 행위를 보고 들었던 생각은 창작에 꽤나 도움이 될만한 훈련이라는 것. 단순히 사전적인 정의가 아니라, 문학적 비유와, 수사학 체계에 의존하고 있다는 점에서 반의어 놀이는 그 의의를 지닌다. 실은 현실에서 달의 반대말이라는 것은 일반적으로 규정될 수 없는 논리다. 물론, 꽃도 마찬가지. 허나 문학이란 것은 그 일반적으로 규정될 수 없는 것들을 과감히 창작자의 시선으로 포용하는 것이 아니던가. 반의어를 만들어 낸다는 것은 어지간한 용기가 없다면 할 수 없는 일이다. 그것은 대상을 바라보는 나의 태도가 확연히 들어나지 않고서는 불가능한 일이기 때문이다.

달을 가리는 것은 구름, 꽃을 지게 하는 것이 바람. 이것을 예시로 본다면 대상의 본질을 가리우는 것이 반의어가 지닌 기본 원칙이라 할 수 있겠다. 그리하여 가끔 겁도 없이 노트를 펼쳐 *끄적끄적* 반의어 놀이를 자행해보는데, 이것이 생각보다 쉬운 게 아니다. 납득할 만한 연관성이 있어야 하며, 그것이 너무 단순한 논리에 그쳐도 재미가 없으니……. 논리와 수사학이 고루 섞여야만 반의어 놀이가 의미를 지닌다는 점에서 이는 꽤나 고차원적인 질문들의 연속인 셈이다.

반의어 놀이를 더 깊이 행하면서 느낀 것은 이 놀이를 하는 이유에 대한 것이었다. 몇몇 단어들의 반의어를 규정해나가다보니 자연스레 해당 단어의 뜻에 더욱 가깝게 다가서고 있는 나를 발견할 수 있었다. 그와 같은 사실로 미루어보아 아마도 그 반대의 것을 알면 지금 바라보는 것을 조금 더 명백히 깨달을 수 있진 않을까 하는 생각에서 이 놀이는 출발했을 것이다. 그리하여 나의 노트에는 가끔 숙제처럼 규정해 놓아야 할 반의어 목록들이 있다. 때로는 며칠을 고민하기도 하겠지만 어쩌면 영영 풀리지 않는 수수께끼로 남을지도 모른다.

지금 나의 노트 속에 적혀있는 단어들을 몇자 적어보자면 사랑, 정류장, 그리고 나비같은 것들이 있다. 의외로 감정보다 구체적인 대상의 반의어를 규정하는 일이 내게는 더욱 어렵게 다가왔다. 과연 나비의 반대말을 무엇이라 말할 수 있을까. 반대의 감정을 깨달으면 나는 지금 내가 느끼는 이 감정에 더 솔직해질 수 있을까. 확답을 내릴 순 없지만, 혹시나 하여 이 놀이는 여전히 현재진행형이다.

사랑의 반의어는 무감각

목적지의 반의어는 정류장

나비의 반의어는 더이상 미련 없음.

회고록

스물 네살, 대학교 어느 강의실, 지각생 한 명, 그 여자애, 늘씬하고, 웃는 모습이 참 밝던 애, 내 옆에 앉아서 침착하게 숨을 고르던 그 애, 좋은 향이 나던 애, 빨간색 아니 복숭아색 스커트를 입고 간질간질 내 마음을 두드리던 애, 홍대 카페에서 아르바이트를 하던 아이, 자꾸만 생각나던 애, 내 이야기를 한사코 즐겁게 들어주던 그 애, 무심코 지나치는 한마디에도 쫑긋 귀를 기울이던 그 애, 한강에서 처음 입술을 맞췄던 애, 너무 투명해서 물끄러미 들여다보고 있으면 그 마음의 색채가 고스란히 느껴지던 애. 딱딱하던 나를 한없이 다정하게 만든 애.

내가 그 애를 울렸어.
바보같이.
나는 오만했던 거야.

회환

당신의 향기를 떠올리면 시월의 낙엽이 편편히 걸음을 멈추게 합니다.

영원한 가을처럼 수수하게 쏟아지는 그대.

나 그대를 한사코 가슴에 품고 살아가리.

진짜로 일어날지도 몰라,
기적!

고레에다 히로카즈가 연출한 영화를 보고 있으면 나도 모르게 마음에 평온이 찾아온다. 나는 그의 영화적인 핵심을 '가족애'에서 찾곤 하는데, 조금씩 그 의미의 소중함이 잊혀져 가고 있는 요즘 같은 시대에 그의 영화들은 상징적인 가치가 있음을 느낀다.

특히나, 〈진짜로 일어날지도 몰라 기적〉의 경우 정말이지 영화적인 서사는 단 몇 줄로도 충분히 설명될 만큼 소박한 것인데, 관람 후에 나는 한참을 웃었던 기억이 있다. 도대체 어떻게 그 몇 문장의 내용을 128분 동안 이끌고 나아갈 수 있었던 걸까? 아니, 심지어 엔딩크레딧이 다 올라간 뒤에도 여운은 쉬이 가시지 않는다. 나로서는 그와 같은 이야기를 두시간 동안 따뜻하게 읊조리듯 만들 수 있다는 것 자체가 놀라울 따름이었다.

내용은 간단하다. 영화는 주인공 남자애와 그의 친구들이 소원을 이루기 위해 떠나는 여정에 관한 이야기다. 새로 개통한 고속열차가 서로 스쳐 지나가는 순간, 그 모습을 보며 소원을 빌면 '기적'이 일어난다는 다소 허무맹랑한 말을 믿고서 아이들은 각자의 바람을 이루기 위해 고군분투한다.

이런 류의 영화를 보고 있으면 내 얼굴에는 절로 함박웃음이 피어오른다. 그건 소박한 일본 영화의 장면과 대사에서 까치발을 들고 사뿐사뿐 걸음을 옮기는 듯한 상냥함을 느끼는 탓이다. 주인공 코이치의 부모님은 이혼을 했는데, 해서 코이치의 소원은 가족이 다 함께 살아가는 일이다. 그는 고심 끝에 한가지 계획을 세우게 된다. 바로 쿠마모토현 어딘가, 마주보듯 스쳐지나는 신칸센 열차를 바라보며 화산의 대폭발을 소원으로 비는 것! 그리하면 코이치가 사는 동네는 화산재로 뒤덮여 더는 아무도 살 수 없는 장소가 될 것이며, 따라서 떨어져 있던 가족은 어쩔 수 없이 이사를 떠나 한데 모이게 될 거라는 예상이다. 이후, 코이치는 이를 실천하기 위해 계획을 짜고 몇몇 친구들과 함께 길을 나서게 된다.

마침내, 코이치 일행은 열차가 마주보며 스쳐 지나는 장소에 도착해 자신들의 소원을 외치는데, 어찌된 영문인지 코이치는 아무런 소원을 빌지 않았다. 집으로 돌아가는 길에 코이치는 동생에게 그 사실을 고백한다.

"나는 사실, 소원을 빌지 않았어. 나는 가족보단 세계를 택했어……."

이 장면의 포인트는 정말이지 심각한 어린아이들의 표정이다. 거기엔 나만의 행복을 위해 자신이 속한 세계 전부를 무너뜨릴 순 없다는 어린아이의 아주 순수한 마음이 담겨있다. 집으로 돌아온 코이치는 손가락에 침을 묻혀 화산이 활동하고 있는지를 확인한다. 그는 깨닫게 된 것이다. 비록, 가족은 떨어져 지내고 사랑하는 아빠, 동생과는 전화로 간간히 안부를 묻는 사이지만 지금 스스로가 속한 이 세계에도 그 나름대로의 행복과 아름다움이 있음을.

영화 속에서 보여지듯이 아이들의 시선 속에는 사물이나 현상의 본질을 간파하는 힘이 있다. 동심, 아이들은 본능적으로 알고 있는 것이다. 두려워서 섣불리 마음을 얼버무리는 어른과는 달리, 두렵기 때문에 더욱 정확하게 그것을 표현할 수 있어야 한다는 것을. 얼마전 이 영화를 다시 한번 관람하고, 나 역시 가슴 안에 묻어둔 작은 소원을 드러내기로 마음 먹었다.

이번 원고의 마감이 끝나면 서늘한 가을, 구마모토현으로 떠날 것이다. 하여 고속열차가 마주보며 스쳐 지날 때, 큰 소리로 나의 소원을 외칠 심산인 것이다. 물론, 기적은 일어나지 않을지도 모른다. 어떤 측면에서 그 여정은 아무 쓸모도 없는 허무한 일에 지나지 않을 수도 있다. 고작 소원 한번 외치려고 항공권을 예매해서 타국으로 떠나냐는 푸념 섞인 충고를 들을지도 모른다. 헌데, 영화 속의 대사 한 줄이 무작정 나를 그 여정으로 떠밀어 버리던 걸.

"세상에는 쓸모 없는 것을 위한 자리도 있다구. 생각해봐. 모든 게 엄청난 가치를 지니는 거라면 아마 금세 숨이 막혀 버릴 거야."

두려워서 섣불리 마음을 얼버무려서는 안돼.

두렵기 때문에 더욱 정확하게 표현할 수 있어야 한단 말이야.

생각해봐.

좋아하는 것보다 싫어하는 것이 분명해질 때,

너는 삶에 더 많은 안전장치를 확보하게 되는 거라구.

그래, 좋아하는 건 좀 대충 설명해도 좋아.

헌데 싫어하는 것은 집요하게 꼬집어 버리라구.

그 무렵,
우리에게

만일에 내가 다시 사랑을 느끼게 된다면 그건 순전히 당신 때문이지. 좋아하는 마음엔 사실 특별한 이유같은 게 있는 것도 아닌 듯해. 그냥, 이미 좋아하고 있던 거야. 누군가를 마음에 둔다는 건 실은 어리석은 일인지도 모르지. 내 안에서 타인을 이해하려 한다는 건, 멀고도 아득한 길이니까. 헌데 어떤 근사한 이유나 목적 같은 걸 두고 하는 말은 아니야. 그저, 웃게 해주고 싶어. 아마 다시금 먼 길을 빙빙 둘러가야 할지도 모르겠지만 마냥 마음이 가는 대로 방황하는 일도 때로는 탁월한 선택처럼 느껴지기도 하니까. 활짝 웃게 해주고 싶어.

국지성호우

예보에도 없던 비가 내려 발이 묶였다.

한낮의 강한 일사, 마른 하늘에서

이토록 강한 비가 내릴 줄은 미처 몰랐다.

일정한 소음, 바빠지는 움직임들

나는 멍하니 호우의 중심에서 서성일 뿐이다.

우산을 살까 하다가

같은 이유로 신발장 옆에 쌓여있는 그것들이 떠올라

그냥 비가 그치기를 기다리기로 했다.

내게는 딱히, 급히 가야할 일도 없으니까.

비가 내리는 모습은 마치 대기가 함유할 수 있는

최대한의 수증기가 한꺼번에 펼쳐지는 듯 보였다.

습윤한 바람이 나를 스쳐 지난다.

난감할 만큼 질척이는 공기들,

마치 바람이 나를 향해 울먹이는 것 같다.

그래 가끔은 너처럼 이 부근에서 가장 슬픈 존재가 되는

일도 나쁘지 않지.

나는 우산이 없으니, 태풍이 되지 않을 정도로만 해주렴.

일순간, 지면에 부딪히는 비의 모습이
흐드러지게 피어난 꽃처럼 보였다.

침운
浸潤

　제법 많은 일을 전전했다. 중학교 때부터 고등학교 1학년까진 볼링 선수였다. 그냥 뭐, 볼링이 딱히 좋았던 것은 아닌데 볼링특기생을 하면 4교시만 하고 집에 갈 수 있다나 뭐라나. 처음엔 그래서 시작했던 것 같다. 볼링 훈련을 마치고 나면 무에타이 체육관에 들러 기운이 없어질 때까지 샌드백을 쳤다. 이제와 생각해보면 왜 그렇게 닥치는 대로 운동을 했었는지 잘 모르겠지만, 생각이 많아지는 것을 방지하는 차원에서 그러했던 것 같기도…… 고등학생이 되고, 머리가 좀 자라 인생을 어떻게 살아야 하는지 고민할 때쯤 아무래 미래를 그려봐도 볼링을 하고 있는 내 모습이 행복해 보이진 않아서 선수를 그만뒀다. 그래도 운동하는 건 곧잘 좋아했던지라 볼링을 그만둔 뒤에도 누가 집요하게 장래희망 따위를 물어볼 때면 체육 선생님이라고 답했던 기억이 있다.

　이후엔, 어떤 계기로 만나게 된 시인 선생님 밑에서 글을 배웠다. 운동을 그만두고 생소하게 책이란 걸 읽는데, 사람들이 다들 어처구니 없는 표정을 지었었지. 눈을 감으면 아직도 가끔 그 시선들, 소리들이 웅웅거리면서 나를 괴롭히기

도 한다. '너 잘되라고 하는 말인데 있잖아⋯⋯'로 시작하는
말들이 그렇게나 나를 할퀴고 지나갈 줄이야.

사람들이 무슨 생각을 하든, 내 인생에서 행복이란 단어의
어원을 더듬어볼 유일한 수단은 책이라고 하는 그 작은 사물
이 전부였다. 지금도 마찬가지, 책을 읽을 때만큼은 그리고
글을 쓰고 있을 때만큼은 스스로 무언가에 얽매여 있지 않
고 자유로워 짐을 어렴풋이 느낀다. 태어나 처음 나를 울린
글은 안도현 선생님의 시였다. 얇고 군데군데 노랗게 세월의
때가 배어있는 책, 그 어딘가 어떤 문장, 어떤 단어들에 내 몸
을 누이면 그제서야 나는 한숨을 돌리곤 했다.

군대를 다녀온 뒤로는 조선소에서 배관공으로 일했다. 새
벽에 일어나 출근을 해서 잔업까지 다 하고 나면 이내 자정이
찾아왔다. 하루가 어떻게 지나는 줄 생각해볼 겨를도 없이 나
의 하루는 끊임없는 반복의 연속이었다. 숙소로 돌아오면, 가
장 먼저 작업복을 벗어두고 샤워를 했다. 물결을 따라, 피부
군데군데 박혀있던 쇳가루들이 쓸려 내려간다. 허물을 벗는

것 같다. 침대에 누워 이내 머리맡에 작은 책을 펼치면 그제야 나는 내가 된다. 하루 중 내가 아닌 다른 무엇으로 살다 잠들기 전 아주 잠깐, 본연의 나로 머물다 흩어지는 것이다.

그렇게 학비를 벌어 대학을 졸업해서 내가 입사한 첫 직장은 출판사였다. 서적이나 회화같은 것을 인쇄하여 세상에 내어 놓는 일을 하는 곳. 거기에서 나는 꽤나 다양한 일을 했다. 주된 업무는 대형 서점MD들에게 우리가 만든 책을 어필하는 것, 그리고 가끔 창고에 들러 책의 재고를 정리하고 인쇄물의 상태를 점검하는 일을 도맡아 했었다.

처음엔 그저 좋아서 시작한 일이었는데, 점차 시간이 흐르니 차라리 몰랐으면 더 나을 부분들까지 다 알게 되었다. 아무렴 세상 모든 것에 밝은 면과 어두운 면이 공존하고 있겠지만, 굳이 내가 좋아하는 것에까지 그러한 모순을 느껴야 하는지 의문이 들었다. 충실한 독자로서는 몰라도 아무런 관계가 없는 것들까지 다 알아야만 하니, 여간 불편한 일이 아닐 수 없었다. 그 즈음에 나는 책을 한 권 정도 출간 했었는데, 내가 영업사원인지, 글을 쓰는 사람인지 정체성도 흔들리고 심지어는 그 좋았던 책이 이내 지긋지긋하게 느껴질 때도 있었다.

　나는 그저 책이 너무 좋아서, 그와 관련된 모든 것을 다 알고 싶었을 뿐인데……. 무언가를 자세히 안다는 건 새삼 아픈 일이라는 걸 그때 처음으로 깨달았던 것이다. 하여 회사를 그만 두었다. 그리곤 한 편의 장편 소설을 쓰기 시작했는데, 수입이 전혀 없는 상태에서 네모난 방안에 들어앉은 채 혼자서 소설을 쓴다는 게, 이게 여간 쉬운 일이 아닌 것이다. 그 시절의 심리적 부담감은 마치 악력을 모조리 쏟아부은 손아귀처럼 나를 몰아세웠다.

　하루는 양치를 하려고 세면대 앞에 서서 치약을 짜려는데, 치약통이 마른 오징어처럼 바짝 메말라 있었다. 나는 안간힘을 다해 그 안에 무언가를 꺼내려고 했다. 얼마간은 내 삶이 꼭 그러했던 것 같다. 스스로를 한계까지 몰아세우며 그렇게 나의 소설은 한 권의 책으로 세상에 나올 수 있었다.

문득, 그 소설책을 들고 걷다가 그런 생각이 들었다. 이게 뭐라고, 지익 찢어버리면 아무 것도 아니면서 언제부터 내 삶이 몇 마디 말과 몇 그램의 무게로 인해 좌지우지 되었던 건지. 허나 만약에 내가 문학을 몰랐다면 시를 알지 못했다면 내 삶은 고작 딱딱한 껍질에 불과했을 것이다. 그럼에도 그 한 권의 무게가 어떤 의미이길래, 삶을 송두리째 그것을 음미하기 위해 쏟아왔느냔 말이다.

침윤沈潤, 나도 모르는 사이에 조금씩 조금씩 나는 그 운명 속으로 걸어 들어가고 있었던 걸까. 언제부터인지 모르겠다. 처음 버스정류장에서 작은 시집을 펼치며 눈물을 쏟았던 날인가. 그게 아니면, 사랑을 잃고 꿈을 놓아버리며 말없이 주저앉았던 그때인가. 처음 볼링핀을 쓰러뜨리던 날인가, 아니면 세탁소 이층에 세들어 살며 네 가족이 한방에서 나부끼던 시절인가, 혹은 태어나 처음 울음을 터뜨리며 세상의 빛을 받아들이던 순간인지도 모르지.

지금까지의 인생을 표현하자면 물론, 퍼펙트 게임이라곤

할 수 없겠다. 그것만은 분명하다. 매순간 무언가 미적지근한 후회와 아쉬움이 남더라. 스페어처리를 하고 새롭게 열 개의 핀이 안착되면 다시 한 번 공을 굴려야만 했다. 인생은 단판 승부가 아니더라. 긴 호흡을 이끌고 나아가려면 관건은 눈앞의 점수가 아니라, 안정된 자세, 일정한 리듬이었다.

좋은 성적을 거두기 위해선, 출발선상에서 도약지점까지 그 삶의 어프로치에서 안정된 무게중심을 지닐 수 있어야 한다. 예컨대 균형을 더 공고히 하기 위해선, 약간의 무게를 짊어져야만 하듯 우리를 휘감고 있는 마음의 무게는 다 나름의 의미를 지니고 있던 것이 아닐까. 내게는 책이라는 사물이 딱 그만큼의 질량이었다. 손안에, 가방 속에, 내 마음 안에서 그것들은 도약에서 안착까지 나를 다독이며 균형을 만들어 주었다. 무엇과 비교하여도 결코 가볍지 아니한 힘이었다.

그래서 결론이 뭐냐고?
결론은 아직도 결론까지는 한참을 더 가봐야 안다는 거다.
제 아무리 마음마저 인스턴트로 현혹되는 세상이라지만,

삶의 의미를 정의한다는 게 햇반을 데우듯 가볍게 해치울 수 있는 일은 아니니까. 그러니 관건은 눈앞의 성적이 아니라, 안정된 자세, 일정한 리듬. 그 균형의 가치를 알고 있다면 무엇도 늦은 것은 없다는 사실이다. 그렇게 전전긍긍하여도 결코 포기하지 않는 게, 지금까지의 삶이었다. 여생의 결론은 아직 한참은 더 가봐야 알 수 있겠다.

하루는 양치를 하려고 세면대 앞에 서서 치약을 짜려는데,

치약통이 마른 오징어처럼 바짝 메말라 있었다.

나는 안간힘을 다해 그 안에 무언가를 꺼내려고 했다.

얼마간은 내 삶이 꼭 그러했던 것 같다.

물끄러미 거울 속의 나를 바라보는데

그때야 깨달았던 모양이다.

무언가를 자세히 알게 된다는 건,

새삼 아픈 일이라는 걸.

때마침

게슴츠레 시작한 하루
오후에 느지막이 일어나,
졸린 눈으로 라면을 끓였어요.

티비에서는 〈싸움의 기술〉이란 영화가 방영중이었고
제목에서 이르는 바와 같이 시작부터 주인공 배우가
왠 남성을 현란한 기술로 제압하고 있더라구요.

그때 나는 부엌에서 식탁까지 고작, 몇 걸음 정도쯤은
정말 괜찮을 거라 생각했어요.
겁도 없이 맨손으로 냄비를 옮겼는데
세상사 그렇게 쉽게 풀리는 일은 없다는 듯이
뜨겁게 달궈진 손잡이가 나를 대놓고 외면해 버리더라구요.

이제는 하다못해 냄비 손잡이조차 나를 당황케 해요.
처참하게 흩어진 라면을 그저 바라만 봤어요.
이건 뭐, 어떻게 정리를 해야 하는지도 모르겠고
의기소침해서 그저 고개를 푹 숙이고 있었거든요.

근데, 때마침 영화에서 그런 대사가 나오더라구요.

"가슴 피고 살아, 이 새끼야."
라고 말이에요.
이거 정말 우연인 걸까요?

구깃구깃

흰 종이 위에 너의 이름을 적어놓고 주머니에 넣었다가, 마구 구긴 뒤 쓰레기통에 던져버린 적이 있다. 비록 나중에 그 종이를 꺼내, 반듯하게 접어서 가지고 돌아왔지만……. 어찌됐든 당신이란 존재를 마구 구겨서 최대한 멀리 보이지 않는 곳으로 몰아내려 했던 때가 있었다. 되레 당신이 짙고 선명해질 줄은 몰랐던 거다. 꾸깃꾸깃 주름진 당신의 이름과 주변의 여백들을 물끄러미 바라보며 나는 생각했다.

사랑은 구겨진다고 해서 버릴 수 있는 것은 아니야.
처연한 눈매가 가늠할 수 없는 누군가를 이해하려 할 때,
그 마음은 구겨진다고 해서 덤덤해지는 것은 아니야.

더는 아프지 않을 거라 말하면서, 불현듯 흐느껴 울었다.
아픈 정적을 도망치듯 빠져나온 나는 더욱 확실해 진다.
당신을 버릴 만큼 나는 충분히 강하지 않다.

닿아 있다

하루는 별로 기분이 좋지 않은 일이 있어서 사랑하는 사람 앞에서 한없이 쳐져 있는 모습을 보여준 적이 있다. 나는 속에 있는 이야기를 그리 잘 드러내는 편은 아니라서, 그냥 이런저런 다른 이야기로 그 기분을 가까스로 숨겨보려 했다. 아마도 글이라도 쓰지 않았다면 나는 너무 부풀어오른 풍선처럼 속앓이를 하다 펑 하고 터져 버렸을지도 모른다. 아무튼, 그 사람은 친절하게도 내 기분에 대해 구태여 추궁하지 않았다. 우리는 한적한 어느 거리를 나란히 걸었고 골목에 들어서자 그 사람은 내 옷자락을 손끝으로 살포시 붙잡아 주었다. 그런데, 그 느낌이 너무 좋은 것이다.

살며시 내 옷깃에 닿아있던 그 사람의 온기, 유연하게 나와 함께 흔들리던 그 희멀건 접촉은 아주 소박한 것이었지만 어떠한 모자람도 없었다. 속으로 나는 느꼈다. 어느새 가라앉아 있던 용기가 중력도 거스를 듯한 힘으로 날아오르고 있음을. 그리고 깨달았다. 우리를 살아가게 하는 원동력은 아주 낮은 곳에서 무심히 내게 닿아있는 마음의 견고함이라는 것을.

다행이었다. 그 인접한 체온으로 인하여, 일렁이던 내 가슴은 길을 이탈하지 않을 수 있었다. 그 작은 압력, 내게 닿아 있던 그 희멀건 손끝으로 인하여 나는 세상 무엇보다 아름다운 권한을 부여받았던 것이다. 고스란히, 내 감정에 충실할 권리. 우리는 한동안 다소곳이 이어져 있었다. 그날 밤, 우리는 서로에게 한번도 사랑한다 말하지 않았지만 그 언제보다 사랑받고 있음을 느꼈다. 세상의 모든 환희가 바로 그곳에 있었다.

창 밖을 바라보며 설렘, 슬픔, 걱정, 안도,

그 모든 감정이 내 곁을 지나갔고

마침내 때가 되어 햇살이 내게로 닿았을 때,

나는 당신을 생각했다.

그 책,
232페이지를 읽어 내려가던 때

아침에 일어나면 가장 먼저 하는 일은, 세수를 하고 코를 푸는 일. 그리곤 커피포트에 물을 올리고 그 물이 다 끓을 때까지 팔굽혀펴기를 한다. 우리집 포트 기준으로는 팔굽혀펴기를 약 45회 정도 하면 물이 끓어오른다. 보글보글 물에서 상태변화가 일어나면 나는 좋아하는 잔에 커피를 타고 책상에 앉는다. 앉아서, 이메일을 확인한다. 나는 보통 이러한 패턴으로 하루를 시작한다. 앞으로도 그럴 것이다.

그날도 역시 커피를 한 모금 마시며 이메일을 열었는데, 독자로부터 메일 한통이 도착해 있었다. 한 번도 마주친 적 없는 누군가로부터 날아온 편지. 나는 그 편지를 읽고 다소곳이 가슴을 쓸어내렸다. 거기엔 다음과 같은 문장이 담겨있었다.

"작가님의 책 232페이지가 그날의 저를 살아가게 하는 버팀목이었습니다."

나는 처음 시집 한 권을 부둥켜 안고 눈물을 흘리던 나를 떠올렸다. 한참을 버스정류장에서 오지도 않을 무언가들을 떠올리며 이런저런 생각에 젖어가던 나를. 감격스러우면서도 부끄러웠다. 내게 그런 말을 들을 자격이 있을까.

[1]삶이란 더 많이 소유하는 것이 아니라, 소유하지 않고 지키는 방법을 깨닫는 과정이었다. 내가 드디어 소유하지 않고 지키는 법을 깨달았을 때 나는 더 이상 그것을 위해 안깐힘을 짜내야 할 필요가 없다는 사실을 알게 되었다. 그냥, '사랑'하면 될 일이다. 대가 같은 것 없이도 내 마음을 표현하는 것만으로 설레면 될 일이다. 내가 당신을 무려 '사랑하고 있다.'라고 자랑스럽게 가슴에 새겨놓으면 될 일이다. '사랑한다.'라는 그 말이 언젠가 '사랑했었다.'로 흐려져갈 때에도 진심으로 떳떳하면 될 일이다. 가지려 하지 않고 이해하려 하면 될 일이다. 불현듯 후회하지 말고 때때로 참 좋은 시절로 추억하면 될 일이다. 그래도 그리운 날엔 구태여 참지 말고

---

1 김민준, 시선

충분히 울면서 그리워하면 될 일이다. (…) 부서질 듯 위태로운 집착이 아니라 부디 어엿한 사랑을 하면 그걸로 되는 일이다.

그렇기 때문에 누구나 사랑을 할 수 있지만 아무나 사랑할 수 있는 것은 아니다. 오직, 사랑만이 소유하지 않고 지키는 것을 가능하게 한다.

참으로 오랜만에, 그 책 232페이지를 읽어내려 가던 그때, 어느새 내 두 뺨에는 말갛고 투명한 감정의 입자들이 흘러내리고 있었다. 그간 나는 세계로부터 벗어나 나만의 문체를 확보하고자 했다. 그리고 그 문장이 나에게, 또한 누군가에게 삶의 온당한 침묵을 선사한다고 믿어 의심하지 않게 되었을 때, 나는 드디어 감정의 지문을 획득했음을 깨달았다. 동그랗게, 이어져있는 얇은 선들의 움직임, 그 안에는 결렬한 환희도, 싸늘한 슬픔도 아닌, 그저 온당한 침묵이 담겨있다. 그 속을 말없이 걷고 있을 때, 가슴 안에는 희미한 기적들이 일렁임을 느낀다.

나를 사랑하는 방법은 아마도 그 아득한 선율 어디쯤을 표류하고 있는 건 아닐까. 마침내 가슴을 쓸어내렸다. 잘해왔던 거구나.

한숨

그럼에도 끝내 아무에게도 알려지고 싶지 않은 슬픔이 있었음을. 왜 하필 한숨일까 싶지만 아무리 나열해도 정돈되지 않는 그 마음, 담아낼 길은 누구에게도 알려지지 않을 오직 한차례 낮은 한숨이 전부였던 것을.

그 해 겨울, 시린 손을 호호 불어가며 나는 말없이 앞만 보고 걸었다. 집으로 돌아와 혼자가 되니 비로소 해야 했던 말들이 생각났다. 하는 수 없이 빈방, 그곳에라도 털어놓을 수밖에는 없었다. 보이지도 않는 한숨, 들리지도 않는 한숨,

이제 세상에 사랑이 없다고 털어놓으니
사랑은 그곳에 내가 없었다고 노려본다.
사실과 진실.
결론은 같아도, 의미는 다르다.
무엇이 먼저인지 규정할 수는 없다만,
순서가 달라지면, 삶의 질서들 역시 바뀌게 된다.

지켜내는 것

"안절부절 하지마. 내려놓고 기다려."

단호하게 말했지만 들리지 않는다. 또 버릇처럼 걸음을 옮기지만, 무엇도 확실해지는 것은 없다. 감당할 수 없는 무언가를 대면하게 될 때, 나는 곧장 집으로 향하는 습관이 있다. 가는 길은 비록 바르지 않고 빙빙 둘러 먼 길을 돌아가곤 하지만 그럼에도 목적지가 있다는 것을 불행 중 다행으로 여긴다. 내가 생각하는 가장 안전한 공간에서 조용히 향을 피워놓고서 침묵한다. 그 떨리는 불빛의 움직임을 물끄러미 바라본다 이내 찬물로 벅벅 세수를 하고 몇 번 반복하여 다짐하듯 중얼거린다.

"안절부절 하지마. 내려놓고 기다려."

분명하고 단호한 어조로, 그것은 거울 속의 나를 향한다. 그럼에도 들리지 않는다. 두터운 수건으로 가능한 물기를 모조리 닦아내는 와중에도 나는 생각한다. 제발, 그냥 아무런 생각을 하지 말자고. 허나 그 다짐은 깊은 곳에 닿지 않는다.

그 순간에 나를 대변하는 것은 이 작은 몇 평 남짓의 고요함이 전부다. 들리지 않고 닿지 않는다. 나는 들직해지고 싶지만 애써 딱딱하게 굳어간다. 단단해지고 싶지만 무언가 내 안에 휘몰아치고 있는 것에 사로잡혀, 방향감을 상실하고 만다. 그 꼼꼼한 적막에 팽팽하게 당겨진 감정들은 이따금 제각기 소리를 내며 무언가를 외치지만, 조율되지 못한 마음은 무엇 하나 정확한 음을 집어내지 못한다.

공백의 시간, 여백은 마치 불투명한 유리문 같다. 그 너머에 있는 아주 희미한 기척을 쫓을 뿐. 그 문을 열면 이내 나를 기다리고 있는 것은 무엇일까. 주저 앉는다. 앞과 뒤를 구별하지 못하고 길을 헤맨다. 나는 어떻게 해야할까.

그런 날이면 눈물 대신 땀을 흘린다. 무언가를 쏟아내고 있는 것에서 비슷하지만, 눈물과는 다르게 땀은 온몸에서 흘린다는 것에 차이가 있다. 내부적인 자극으로 흐르는 눈물은 오직 감정에 의한 소산물이다. 반면에 땀은 정신을 포함한 몸의 합작품이다. 하여 나는 일정한 속력을 가하여 앞으로 향한다. 방향감 따위는 생각하지도 않은 채, 발길이 닿는다면 몸 안의 기운이 다 빠져나갈 때까지 달린다. 거친 호흡을 뱉으며 지면에 마주하는 곳에 박차를 가한다. 가만히 있을 수 없다면 그렇게 달릴 수 있는 만큼 내달리는 것도 하나의 방법이다. 변명하지 않아도 된다. 해결책을 모른다면 굳이 애써 담담해 하지 않아도 된다. 모조리 쏟아내고 나면, 도저히 내려놓을 수 없는 것이 남더라. 무언가에 애착을 지니게 된 이상, 나는 더이상 만만한 존재가 아니다.

땀을 실컷 쏟아내고 나면 삶에 대한 애착이 느껴지곤 했다.

무언가를 지키려는 욕망은,

가지려는 욕구보다 훨씬 더 강한 인내심을 불러일으킨다.

관건은 근력이 아니라 근지구력.

성숙한 인간은 감정의 내구성이 높은 사람을 뜻한다.

정복이 아니라, 지켜내는 것이 중요하다.

지레짐작

　고교시절 하굣길의 일이다. 학교를 마치면 나는 보통 곧장 집으로 갔는데, 그날은 운이 좋게도 정류장에 도착하자 마자 버스가 왔다. 254번 버스에 올라, 좌석에 앉았는데 창 밖을 보니 평소 얼굴만 알던 여학우가 나를 보고 손을 흔들고 있었다. 해서 나도 서스럼없이 손을 흔들며 인사를 건넸다. 그런데, 이내 여학우의 얼굴로 다소 당황한 기색이 드리워지는 게 아닌가. 나는 그제야 무언가 단단히 잘못되었음을 인지하여 고개를 뒤로 돌렸다. 그곳엔 그 여학생의 친구로 보이는 사람이 앉아있었다.

　그 인사의 목적지는 내가 아니라 내 뒤에 있는 누군가였던 것이다. 이 민망한 상황을 어찌해야 할까. 버스는 덜컹거리며 다음 정류장으로 향했고 나는 얼굴이 잔뜩 붉어져서는 다음 정류장에서 내려버렸다. 버스를 내릴 필요까지 있었을까 싶지만, 그런 뻘쭘함에 굉장히 취약한 내게 하차는 정말이지 어쩔 수 없는 선택이었다.

　그날 이후로 나는 누가 인사를 하면, 일단 주변부터 확인하는 습관이 생겼다. 대상이 나라는 것에 대한 확신이 서면 그제야 나는 웃으며 손을 흔들었다. 그건 여간 귀찮은 일이 아닐 수 없지만, 그럼에도 만일의 불상사를 방지하기 위해서 라면 어쩔 수 없는 일이라고 생각했다.

그리고 다시 어느 날의 하굣길. 그날은 유독 버스가 더디 게 오는 바람에 많은 학생들이 한꺼번에 버스에 올랐다. 자 리에 앉지 못하고 다소 엉거주춤한 형상으로 서있었는데, 문 득 바라본 정류장에는 그 여자애가 서 있었다. 나는 254번, 그 여자애는 105번을 타고 통학을 했었지……. 눈이 마주치 자 그날의 기억이 떠올랐다. '으악, 제발! 다 잊어버렸다고 말 해줘!'

이번에도 여자애는 손을 흔들며 누군가에게 인사를 건넸 다. 나는 동요하지 않은 채, 침착하게 딴청을 피웠는데, 그도 그럴 것이 버스에는 많은 사람들이 있으니까 당연히 그 중 누구에게로 향하는 인사겠거니 하고 쉽게 유추해볼 수 있었 던 것이다.

헌데, 그 짐작은 이내 사실이 아닌 것으로 판명됐다. 이번엔 그 여자애가 내게 인사를 건네고 있음을 확신했기 때문이다. 그 애는 나를 물끄러미 바라보며 손은 흔들고 있었다. "민준아, 잘가!" 하고 말하면서. 아차차, 이름을 불러주는 방법이 있었을 줄이야. 나도 무심결에 손을 흔들었다. 작게 이름을 부르면서……

그날 이후로 마음을 분명하게 전하고 싶을 때면, 우선 조곤조곤 상대방의 이름을 부른다. 대상을 또렷하게 명시하는 것만으로 감동은 더욱 정확하게 전해지니까.

관조적인 삶

단순히 감성적인 사람과

감정적으로 성숙한 사람은 다르다.

건강한 사회, 따뜻한 관계는

감정의 포화가 아닌, 성숙된 감정으로 인해 이루어진다.

느낌을 진열하는 것에 그치지 않고

담담히 그 의미를 사유하는 자세는 중요하다.

행복의 소유보다, 그것의 사유로 인한 쾌락이

인간을 진정 존엄한 존재로 만드는 것이다.

하물며 얼마나 많은 기쁨을 누렸느냐 하는 것이

행복의 주된 요인은 아니다.

소중한 것은 단 하나의 미덕이라도

그 뜻을 풍요롭게 느끼는 태도에 있다.

관조적인 삶, 우리는 그 안에서 평화로운 자비를 누린다.

새벽 두 시,
맥락 없는 서운함

상대방과 내가 동시에 서로를 좋아하는 것, 마음이 같은 시간에 비례하는 일이 언제부턴가 참 어려운 일이 되었다. 번번히 본래 원하던 것이 아닌, 그것과 비슷하지만 다른 무엇으로 나를 달래는 일이 잦다. 점점 더 많은 것을 소유해 가면서도 무엇도 오롯이 내 것이 아님을 깨닫는 중이다. 때로는 표현하지 않아도 생각만으로 이미 서운해지는 느낌들이 있다. 그런 기분을 인정하고 있으면, 이 맥락 없는 마음씀씀이를 아마 '쓸쓸하다'라고 표현하는 구나 하는 생각을 하며 멍하니 창 밖을 바라보곤 한다. 내일이 되면 누구도 기억하지 못할 쓸쓸한 독백들. 여간 맥락 없는 서운함.

실은 아무리 애를 써도 조금씩 더 쓸쓸해 지는 것 같다.
그 추위는 두터운 이불로 내 몸을 온통 동여맨다 한들 가려지지 않는 것이다.
언제나처럼 쓸쓸하다.
그 기분 속으로 마냥 사무치는 듯 하다.

2014년 1월,
상해에서

내게는 몇가지 아끼는 물건들이 있다. '가장'이라는 단어를 감히 앞에 두지 못할 만큼 각각 소중한 의미를 지닌 물건들인데, 첫 번째 소설의 원고료로 산 맥북 에어, 사랑했던 사람의 얼굴을 담아내던 미놀타 수동 카메라, 회사를 그만두었을 때 엄마로부터 받은 편지, 그리고 2014년 1월 상해에서 데려온 작은 가방 등이 있다.

내가 사물에 애착을 지니게 된 첫 기억은 어린시절 내가 늘 품에 안고 있던 베개의 베갯잇이었다. 맨들맨들한 그 촉감이 좋아서 나는 잠들기 전에 매번 베갯잇을 어루만지곤 했었다. 하루는 엄마가 그 베갯잇을 다소 오래되었다는 이유로 내다버렸는데, 분리수거장에서 마구 울면서 베갯잇을 찾던 기억이 난다. 결국, 찾지 못하였지만…….

그리고 한동안은 사물에 대한 각별한 느낌같은 것은 지니지 못하다가, 2014년 처음 떠난 해외여행에서 다시 한번 꽤나 마음이 가는 물건을 발견하게 된 것이다. 중국에서 유학을 하고 있던 친구와 함께 상해를 여행하던 때, 도심의 건조

한 분위기에 질려서 우리는 외곽지역의 오래된 수향마을을 찾았다. 얇은 빗방울이 떨어지는 날, 고즈넉한 돌길과 역사의 흔적이 제법 잘 보전된 골목들 사이를 구경하다, 작은 소품 가게로 들어섰다.

　그곳에서는 흡사 한약방 냄새같은 것이 풍겨져 나왔다. 알고 보니, 예로부터 이 마을은 한약방으로 유명하여 대부분의 가게에서 전통차나 약재료를 함께 팔고 있었다. 그곳에서 내 눈에 들어온 것은 가게 구석에 걸려있던 작은 가방 하나였다. 한쪽 어깨에 메도 되고 손으로 들고 다닐 수도 있는 실용성, 그리고 세상에 오직 하나 뿐인 수제가방이라는 점, 심지어는 색상과 디자인까지 모두 내 마음에 쏙 들었던 것이다.

　나는 그 순간부터 어떻게 하면 조금이라도 더 싸게 살 수 있을지에 대한 고민을 지속했다. 그리고 친구의 통역으로 가격 흥정을 시작하려던 찰나, 주인 아주머니가 먼저 조곤조곤 입을 열었다. 뜻밖에도 그 내용은 한가지 부탁이었다. 원한다면 구매할 수 있지만, 3일을 밤낮없이 만들어 정이든 가방이니, 자신이 가방을 메고 있는 사진 한 장만 찍어줄 수 없겠냐고…….

　나는 그 말을 친구로부터 전해 들은 뒤, 가격 흥정같은 건하지 않기로 마음먹었다. 진심이 깃든 물건에 감히, 흥정 따위를 하려고 했던 우매한 나 자신이 부끄러워졌을 뿐이었다. 나는 제 값을 주었고, 주인은 가방을 잘 부탁한다며 따뜻한 차 한잔을 건넸다. 마음에 드는 물건을 알맞은 가격에 사고 덤으로 중국의 다도 문화까지 즐겼으니, 그걸로 충분히 만족스러운 거래인 셈이다.

　지금도 그 가방을 메고 거리를 나서면 왠지 모르게 마음이 따뜻해진다. 하도 자주 메고 다녀서 색이 조금 바래고, 보풀이 일었지만 마치, 사물이 나를 안아주는 것 같은 기분이 든다. 어쩌면 이와 같이 애정이 깃든 물건들은 사람을 이해하는 법을 터득한 게 아닐까. 사람도 못해주는 이해를, 때로는 사물이 대신해 주곤 한다. 그러니 애정이 갈 수 밖에.

틈

이제 우리에겐 새학기 같은 것이 없다. 서로에게 작별인사를 하고 고마움과 아쉬움을 건네어 줄 그럴싸한 근거 하나가 사라져 버린 셈이다. 새학기가 없으니, 그 이전에 있어야 할 긴 방학 또한 없다. 학년이 바뀌기 전이면 서로에게 곧잘 전해주었던 '고마웠어. 그땐 내가 미안해'와 같은 안부의 말들이 점차 시기를 놓친 근심에 그치고 만다. 그때의 나는 큰 무리없이도 새 출발을 곧잘 받아들였던 것 같은데…….

정말이지 새학기와 긴 방학이 없다는 건, 어른의 치명적인 약점이다. 그 작은 틈이 없으니, 나를 돌아볼 겨를도 없는 것이다. 어렸을 적엔 방학이면 늘 할머니 집 처마 밑에서 풀벌레 소리를 듣거나, 여름날의 긴 일몰을 감상하고 하였는데, 당시에는 그 순간들이 어쩜 그렇게나 지루하더니 이제와서야 가슴앓이 하듯 그리워지는 것은 어떤 이유에서인가.

시작과 끝이 알맞게 균형을 이루던 시절엔, 그 시간의 소중함을 몰랐다. 실은 아무 걱정없이, 그저 하루를 조금 심심하게 보낸다는 것의 가치가 그렇게나 큰 의미인 줄은 몰랐던 것이다. 약간은 무료하게, 그러나 어떤 마음의 동요도 없이 잔잔하게 흘러가는 뜬구름 같은 하루들로 아주 잠깐 나를 풀어두고 싶다.

어쩌면 나는 너무 많은 시간을 일찍이 당겨쓴 게 아닐까.
가뭄에 단비처럼 달콤한 며칠의 말미를 꿈꾼다.
그 작은 여유의 감촉,
시간의 이자가 자꾸만 쌓여간다.

현현

이해한다고 해서 그 모든 것에 동의할 의무를 지니는 것은 아니다. 아마, 서로의 마음을 안아주는 행위가 그토록 멀고 어렵게 느껴지는 이유는 이해하면 동시에 동의해야 할 것만 같은 두려움 때문인지도 모르겠다.

때로는 분명, 마주보고 대화를 하고 있음에도 드문드문 소외 받고 있다는 느낌이 들기도 했다. 예컨대 같은 공간에 있으면서도 감정의 시차는 다를 수 있는 것이다. 하물며 언젠가는 무리에 속한 채로, 간곡히 고독이란 단어를 선망하고 있던 나를 발견하기도 한다.

아마도 사람과 사람 사이에 알맞은 거리가 있다면 그 단위는 이해나 인정으로만 가늠해 볼 수 있을 터. 막연히 이해 받고 싶은 날이 있었다. 절대로 나를 부둥켜 안고 위로해 달란 뜻은 아니었다. 그저 서로의 가치를 침범하지 않는 범위에서 묵묵히 고개를 지켜봐 달라는 의미였다.

갈피

아마도, 곧 봄이 올 것 같은 날, 좋아하는 사람과 서점에 들렀다. 딱히, 읽어볼 책이 있어서 서점에 들른 것은 아니었다. 그냥, 책 냄새가 맡고 싶었을 뿐. 그녀는 종이 마다 실은 다른 향을 풍긴다는 것을 알고 있는 사람이었다. 각각의 종이가 지니고 있는 고유한 촉감에 대해서도 충분히 마음을 투영하여 느낄 줄 아는 사람이었다. 요즘은 그렇게 책을 읽는 사람을 거의 본적이 없었는데, 그 모습을 보는 것만으로 나는 어떤 묵직한 체증이 가시는 듯 했다.

우리는 각자 주변을 둘러보다가, 읽고 싶은 책을 몇 권 가지고 돌아오기로 했다. 혹시나 싶어 내 책을 흘깃 찾아보았지만 잘 보이는 자리에 내 책은 진열되어 있지 않았다. 나는 이제 꽤나 덤덤하게, 그 사실을 받아들일 수 있었던 지라 슬픈 표정같은 건 드러내지 않았다. 그냥 좋아하는 작가의 책을 한 권, 챙겨서 그 사람에게 갔다.

물끄러미 책을 들여다보는 내게 그 사람은 연민이 담긴 어조로 물었다. "이거, 무기력할 때 읽는다던 그 책 아니야?"

아아, 맞다. 언젠가 각자 좋아하는 책을 이야기하다가 내가 그런 말을 한 적이 있었다. 마음이 허하고 습한적운들이 가득 들어서 있는 것 같은 기분이 들 때, 다자이 오사무의 글을 읽는다고. 나는 비가 내릴 듯 내리지 않는 그 상태가 너무 싫어서 가슴에도 그런 기운이 느껴지는 날이면 어떻게든 소나기처럼 마음을 쏟아야 한결 평온해 진다고. 꽤나 취기가 오른 상태에서 나눈 대화를 기억하고 있다니……. 가끔은 나도 인지하지 못한 무의식같은 걸 그 사람은 들여다 보고 있는 것 같아 퍽 고마우면서도 미안한 기분이 든다.

그 사람의 손에는 내 책이 들려 있었고 나는 멋쩍은 미소를 지으며 어느 구석에서 어렵사리 찾아왔느냐며 너스레를 떨었다. 이내 그녀는 한 장 한 장, 종이를 넘기며 사각사각 그윽한 소리에 귀를 기울이며 말했다.

"애써 드러내지 않아도, 전해진다는 건 참 멋진 일이지? 화려하게 진열되어 있지 않아도 누군가는 이 책을 읽고 감동을 받아. 나도 그랬고, 많은 사람들도 그랬을 거야."

시간의 갈피를 곱게 접어둘 수 있다면, 나는 그 순간을 온전히 담아내는 일에 할애했을 것이다. 진열되지 못한 마음에게도 언젠가는 봄이 올 테지. 가만히 귀를 기울이면 고요가 들린다. 꽃이 피는 소리, 한없이 적막하지만 무엇보다 어엿하다.

우리는 그날, 같은 구절에서 가슴에 쥐가 났다.
[1]아아 우리의 고통은 정말 아무도 모르는 것.
이제 곧 어른이 되면, 당시의 괴로움과 외로움은
우스운 것이었다며 아무렇지도 않게 추억할 수 있을지
모르지만, 그럼에도 누구도 가르쳐주지 않는다.
완전한 어른이 되기까지의 그 길고 어려운 감정을
어떻게 견뎌내는지에 대해서는.

---

1 다자이 오사무, 여학생.

가능성

　이것저것 계산하고 고민하는 마음들은 이제 그만하고 싶
어요. 실은 운명이라는 막연함에 기대어 소중한 젊은 나날을
가만히 흘려보내는 것은 아닌지. 같이 있으면 포근하고 떨어
져 있어도 마음 졸이지 않는 것, 중요한 것은 그 태도와 믿음
은 아닐는지.

　최선을 다해서 사랑할 수 있을까요.
　그럴 수 있다면 무엇보다 기쁠 것 같아요.

당신의 가치는
몇 '쇄'입니까

'쇄', 사전적인 정의로 같은 책의 출간 횟수를 세는 단위. 출판업에서 이 '쇄'라는 것의 의미는 어마어마하다고 볼 수 있다. 처음 발행한 책의 부수로는 이윤 창출이 어려운 구조를 지니고 있기 때문에 궁극적으로 2쇄 3쇄로 이어질 수 있는 즉, 중쇄를 발행할 수 있는 책이 작가를 먹여 살리고, 출판사를 유지하게 하고, 서점의 문을 열게 하기 때문이다.

예컨대 일본의 만화 〈중쇄를 찍자〉에서 출판사 직원들이 모두 열렬히 화이팅을 외치는 이유도 같은 맥락이다. 어떻게든 중쇄를 찍어낼 수 있어야, 계속적으로 좋은 책, 가치 있는 책을 만들어 낼 수 있는 것이다. 책을 좋아하는 한 명의 독자이면서 동시에 오늘날 글을 쓰는 한 명의 작가로 과거에는 출판사 영업사원으로 근무했던 한사람으로 나는 그 단어의 무게를 절절히 느낀다.

출판사에서 일을 할 때, 나는 우리회사의 영업부장님을 보조하는 업무를 도맡아 했었다. 함께 서점에 책을 입고하기도 하고, 홍보 회의도 주관해서인지 의외로 일반 사원들보다 부장님과 가장 가깝게 지냈던 기억이 있다. 자연스레 함께 있으면서 부장님의 업무 모습을 가까이서 보게 되었고 책과 관련된 이야기를 나눌 기회가 많았다. 그 시절에 느낀 것이 있다면, 사물이든 사람이든 그것에 애착을 지닌 사람의 말은 두고두고 훌륭한 조언이 된다는 것이었다.

하루는 부장님과 내가 일본의 유명한 여행관련 서적의 국내 출간을 위해 일본 출판사 직원들과 미팅을 진행한 적이 있었는데, 이 사람들이 일 이야기는 안하고 연신 건바이かん ぱい 건바이かんぱい만 외치며 술판을 벌이는 바람에 곤란했던 적이 있었다. 결국 계약은 성사되지 않았고 남은 것은 숙취 뿐이었지만, 그날 밤 부장님이 내게 했던 말을 여전히 기억하고 있다.

부장님은 술잔을 비우며 단호한 어조로 말했다. 가치 있는 책은 반드시 많이 팔아야만 한다고. 왜냐하면 대중들은 흔히 많이 팔리는 책이 좋은 책이라고 인식하기 때문에, 정말이지 훌륭한 책들이 상실감에 휩싸이지 않도록, 노력한 작가들이 상처받지 않도록 가치 있는 책이라면 반드시 많이 팔아야만 한다고.

　그것은 결코 책을 많이 팔아서 개인의 이익을 높히고자 하는 단순한 생각이 아니었다. 그야말로 대의大義, 시장의 사정에 따라 책의 고유한 멋이 퇴색되지 않도록 해야한다는 따뜻한 철학이 담겨있는 말이었다. 그러면서도 본인은 정작, 좋아하는 책을 읽을 시간도 없이 매번 바쁘게 서점 담당자들을 만나고, 홍보 채널을 늘리기 위해 야근을 지속하고, 작가와 출판사, 그리고 서점들이 함께 상생할 수 있도록 중쇄를 만드는 일에 최선을 다하고 있는 것이다. 몇달 뒤, 내가 소설을 쓴답시고 회사를 그만 둘 때에도 부장님은 말씀하셨다. 언제나처럼 낮은 위치에 있는 사람에게도 경어를 사용하면서.

　"민준씨 글은 본인만의 작풍이 담긴 글이니까, 비록 빠르게 정상을 밟지 못해도 너무 실망하거나 걱정하지 말아요. 좋은 책, 그럴만한 자격이 있는 글은 10년이 지나든, 20년이 지나든 다 때가 오니까요. 민준씨가 작가로서의 길을 걷겠다면 성급하게 대중성을 쫓지 말고 지금 본연의 색깔을 잘 유지하고 발전시키면 좋겠네요. 독자분들도 알아줄 거예요. 충분히 그럴만한 자격이 있다고 봅니다."

그렇게 탄생한 나의 첫 소설은 알맞은 시기 이내에 중쇄를 찍지 못했다. 그러나 실패라고 생각하거나 부끄럽게 생각하지 않았다. 물론, 얼마간은 꽤나 무기력 속에서 살았지만 그 안에서 나를 다시 꺼내준 것 또한 다시 써야만 한다는 욕구였다. 이내 그 다음 산문은 처음의 발행부수를 모조리 판매하며 중쇄를 찍었다. 제목처럼 서서히 서서히 그러나 반드시. 지난 일년을 돌아보면 정말이지 성실하게 글을 쓰기 위한 한 해았다. 우쭐하지 않고, 스스로를 기만하지 않기 위해서 할 수 있는 일은 오직, 꾸준하게 쓰는 일이었고 나는 도망치지 않았다.

이윽고 두번째 소설이 몇 주간 베스트셀러에 오르게 되었을 때, 나는 곧장 서점으로 달려가서 물끄러미 내 책을 들여다 봤다. 속으로 이건 결코 나 혼자서 이뤄낸 결과가 아니라고 스스로를 다독였다. 이 책 하나가 한 명의 사람에게 전해지기 위해서 얼마나 많은 사람들의 노력과 헌신이 들어가야 했는지……. 하여 누군가 내게, 당신의 가치는 몇 '쇄'입니까? 하고 묻는다면 나는 단호하고 분명한 어조로 대답할 자신이 있는 것이다.

하나의 작품을 쓰는 동안, 저는 그와 같은 분위기로 세상을 삽니다. 물론, 현실에서는 마냥 이상만 추구할 순 없으니 중쇄에 대한 의지에 사로잡힐 수 밖에는 없지요. 허나, 원고지 위에서 만큼은 저는 자유롭습니다. 거기엔 판매순위도, 반품도, 진열같은 것도 없어요. 단지 문장부호가 있고 한 획, 한 획의 선들이 모여 글자를 이루고 있을 뿐입니다. 그것들은 쌓여서 단어가 되고, 조금 더 노력하면 문장이 되고, 절대로 포기하지 않으면 책이 됩니다. 나의 가치를 설명하는 것은 숫자가 아니라, 바로 그러한 마음가짐입니다.

[1]"책이 재미있다고 해서 꼭 잘 팔린다는 보장은 없다.
또한, 제 스스로 잘 팔리는 작품같은 건 본적이 없다.
사랑 받는 작품들 뒤에는
반드시 그 가치를 알리기 위해 애쓴 사람이 존재한다."

한 권의 책을 누군가에게 닿게 하기 위해서
애써주신 모든 분들께 정말로 감사드립니다.

드러나지 않은 곳에서
책을 엮어주는 여러분들이 있어
한 명의 작가가 있고
한 명의 독자가 있습니다.

감사합니다.

---

1 드라마, 중쇄를 찍자

미문

보다 깊은 층위의 농도 짙은 행복을 느끼기 위해선 다채로운 감정들이 있어야만 하지요. 그러니까, 행복을 느끼기 위해 필요시 되는 것들은 기쁨의 매개만이 아니라 그 밖의 것, 심지어는 정반대의 감정마저 요구되기도 합니다. 가끔 엎어지고 멍이 들고, 녹록지 않은 하루에 마냥 답답해서 눈물이 쏟아지는 날에도 실은 그 모든 이름없는 순간들이 행복의 조각들이란 사실을 잊지 않았으면 합니다.

명심할 것은 우리가 평생을 찾아 헤매는 그 행복이란 의미가 아주 멀리 꼭꼭 숨겨져 있는 고결한 비밀같은 것은 아니란 거지요. 언제나 도처에 혼재하였고, 늘 우리와 함께였는지도 모릅니다. 소박하지만 사소하지 않은 것들의 경계, 그것은 때에 따라 줄곧 다른 뜻으로 전해지곤 했으니까요. 어떤 날은 너무 기뻐 소리치지 않고서는 못 버틸 만큼의 가득 찬 감정이 그것이었고, 어떤 날은 바라고 바라던 누군가와의 우연한 만남이기도 했습니다. 다소 역설적이지만 가끔은 내게 행복은 불안이었고, 어색하지만 때로는 하고자 하는 일의 순탄함이 더할나위 없는 기쁨이었습니다. 어제는 마음의 크고 작은 동요도 없는 잔잔한 상태가 그것이었고, 오늘은 선선하게 불어오는 가을의 바람이 나를 웃게 하네요.

어떤 특정한 삶이 오직, 행복의 절대적 노선이라 말하고 싶진 않습니다. 다만, 자세히 들여다보면 많은 것들이 훨씬 아름다웠을 거라는 생각이 듭니다. 행복이란 느끼고자 하는 곳에 고스란히 존재한다고, 다소곳이 제법 호젓한 문장 하나를 가슴에 새겨볼 뿐입니다.

지나치게
서정적인 밤

가여운 마음들아 언제나 내 곁에서
그렇게 닿을 듯 닿을 수 없는 울음을 들려주렴.
나는 이미 알고 있단다.
상처가 많은 아이야, 아픈 기억아.
홀연히 내 손끝을 스쳐 지나가거든
너는 거기에 있다고
가끔씩은 나를 위해 눈물을 흘려 줄 수는 없겠니.

불현듯 마주한 애틋하고 아쉬운 그 많은 밤.
모두가 달빛에 녹아들지가 않았니.
가여운 마음들아.
새벽 공기로 흩어져 다가서도 결코 잡히지 않는
그리움 같은 사람아.
살다가 적어도 몇 번은 우리
서로를 위해 울어줄 수가 있지 않겠니.

어쩌면 단 한번쯤은
거추장스러운 것들을 벗어버리고

오로지 각자의 달빛아래에서 조용히,

서로의 안부를 물을 나날도 다가오지 않겠니.

가여운 마음아, 새벽에 달이 떠있는 한

적어도 같은 하늘아래에서 살아가는 것이 아니겠니.

편린

자연스레 떠오른 기억의 편린에 마음을 누이면, 그제야 내게는 알 수 없는 안정이 찾아온다. 때로는 과거의 느낌이 너무 아늑해서 오늘의 내가 몹시 가여워 지는 날도 있었지만……. 그럴 때면 마르셀 프루스트의 소설 〈잃어버린 시간을 찾아서〉의 한 문장이 떠오른다. '기억은 일종의 약국이나 실험실과 유사하다. 아무렇게나 내민 손에 어떤 때는 진정제가 때로는 독약이 잡히기도 한다.' 나는 줄곧 과거는 움직이지 않는 줄로만 알았는데, 곰곰이 생각해 보면 때에 따라 그것은 잊혀지기도 하고, 망각의 시간에 들어서기도 했다. 무엇도 시간의 흐름으로부터 완벽히 자유로울 수는 없으니, 우리들은 그 좋은 시절이 다 흘러가기 전에 애써 가슴앓이라도 해보는 것일까. 추억은 풍경처럼 시간에 따라 다른 모습으로 불어온다.

사랑하는 이의 잠든 모습을 물끄러미 바라본 날이 있다. 야간 열차를 타고 어딘가로 이동하는 중에, 하루가 꽤나 노곤하였는지 창문틀에 기대어 백합처럼 하늘하늘 꿈으로 잦아든 그 사람의 얼굴을 바라본 날이 있다. 그 사람에게 나는 어떤 의미이길래, 또 당신의 존재는 내게 어떤 뜻이기에 이 먼 곳에서 우리는 같은 열차를 타고 어딘가를 향하고 있을까. 잠든 이의 머리위로 말갛게 새싹 하나를 그려두었다. 곧이어 이슬을 머금으면 활짝, 생기를 되찾을 미소를 떠올리면서.

밤의 열차에서는 꽤나 일정한 소음이 흘러나왔다. 그 음파는 어딘가 지친 여행객들의 마음을 어루만져주는 듯한 자장가처럼 느껴졌다. 나는 그 소리를 벗삼아, 아주 작은 불빛에 의지하여 책을 읽었다. 너무 희미해서, 자세히 들여다보지 않으면 글자들이 쉽게 읽혀지지 않을 정도였다. 이내 그 빛마저 더욱 미미하게 번져서, 나는 하는 수없이 책을 덮어두고 고개를 들었다. 이번엔, 그 사람이 가만히, 나를 바라봐 주고 있었다. 공기의 무게가 달라지는 것을 느꼈다. 그 눈빛은 아무리 어두워도 가리워지지 않는 것이었다. 나는 그때 오직, 서로 사랑하는 사람들만이 가질 수 있는 마음의 결이 있다고 생각했다.

창 밖으로 무수히 많은 사물과, 풍경, 시간들이 흘러가고 있었고 우리는 그 밤의 열차에서 기한 없는 인상을 서로의 삶에 새겨두었다. 나는 좋아하는 시구들을 읊어주고, 그 사람은 함께 귀담아 들었으면 하는 음악의 선율을 들려주었다. 손끝으로 그녀의 손등을 만지작거리면서 우리들은 창 밖의 어둠이 다 가시도록 사랑하였다. 이윽고 열차는 새까만 어둠을 벗어나 새벽에 당도하였고 우리들은 노곤한 몸을 일으켜 세우며, 유유히 앞으로, 또 앞으로 걸음을 옮길 뿐이었다.

밤의 열차에서, 우리들은 어둠도 가리지 못할 눈빛으로 사랑하였다. 목적지는 낮이 아닌 꿈이었다.

대합실 한 켠에는 알 수 없는 언어로 적힌 시가 있었다.
한동안 멍하니 그 앞에서 서성이니,
역무원은 다가와 무심한 듯 말했다.

" C'est un poème de Pushkin."
푸시킨의 시입니다.

삶이 그대를 속일지라도
슬퍼하거나 노하지 말라
(⋯)

마음은 미래를 바라느니
현재는 한없이 우울한 것

모든 것은 하염없이 사라지나
지나가 버린 것 그리움이 되리니

아아, 나는 그 시를 읊어주며 생각했다.
나는 시인이 될 테니
당신은 그 안의 시가 되었으면 하고.

암호

　마음이 온전하지 못한 날엔, 비밀번호를 바꾸는 버릇이 있었다. 예전에 심리상담을 받을 때, 그와 같은 이야기를 했더니 선생님은 노트 위로 작은 동그라미 하나를 그리며 말했다. "그건 아마도, 자신의 감정을 타인에게 결코 드러내지 않겠다는 무의식의 발현이라고 봐도 무방할 것 같아요." 그 말을 듣자마자 속으로 나는, 돌아가는 길에 당장 비밀번호부터 바꿔야겠다고 생각했다. 아마, 내 속마음을 들켰나보다.

　나는 그 작은 동그라미를 바라보며 답했다.
　"마음이라는 걸, 굳이 드러내어야 할까요?"

　그랬더니 선생님은 더 작은 동그라미 하나를 그리며 말했다.
　"마음도 기억처럼 표현하지 않고, 생각하지 않으면 흐릿해져요. 결국엔 이 원처럼 조금씩 작아지겠죠. 너무 갑갑한 곳에 홀로 있으면 사람은 감정에 쉽게 흔들리게 되는 법이거든요. 그래서 누구에게나 외부의 기댈 곳이 필요해요. 이를테면 공기를 조금 환기시키는 것과 같은 맥락일 거예요. 물론, 자신과 자신이 아닌 것을 구별하기 위한 경계는 중요하죠.

그 테두리의 안정과 적정 크기를 유지하기 위해서라도 마음을 너무 꾹꾹 눌러 담지 않는게 좋아요."

집으로 돌아와 나는 깜빡이는 커서를 바라보며 한참을 고민했다. 비밀번호를 바꾸려고 했는데, 기존의 것이 생각나지 않았던 모양이다. 한참을 그렇게 있었다. 처음 나의 비밀번호들은 스스로에게 의미있는 내용으로 이루어져 있었으나, 오늘날에는 그저 이전과는 다른 무엇일 뿐이었다. 의미가 무의미로 부질없이 바뀌는 동안, 내가 잊어버리고 있던 것은 무엇일까. 복잡하기 이를 데 없다. 스스로도 풀지 못하는 자물쇠 같은 걸 마음에 걸어두고 있다니…….

나는 일기장 펼쳐서 원을 그려보려고 했다. 그것은 완전한 구의 형태가 아닌, 여간 볼품없이 들쑥날쑥한 모양새였다. 생각보다 작은 원, 생각보다 얇은 선. 그것이 나의 마음이었다. 나는 내가 느낀 모든 것을 그 속에서 어떻게든 삼켜보려고 애써왔던 것일까. 퍽 안쓰러운 생각이 들어, 원 안에 웃는 표정을 그려 넣었다. 처음으로 내 마음의 얼굴을 들여다 본

순간, 자물쇠 하나가 스르륵 열리는 것을 느낀다.

돌아보면 새로운 암호도, 아무리 두꺼운 마음의 벽도, 결코 내 감정을 무엇으로부터 자유롭게 만드는 것은 아니었다. 그 마음으로부터 자유로워지는 방법, 그 감정이 마땅히 타당한 것이라고 느낄 용기는 어디에 있는 걸까. 어찌됐든 생각보다 작은 원, 생각보다 얇은 선에 너무 많은 짐을 눌러 담아서는 아니되겠다. 차근차근, 우선은 오늘 내가 할 수 있는 범위 내에서 해결책을 찾아봐야지.

비밀번호는 당분간 현상유지. 들쑥날쑥한 원이 조금씩 일정한 각도를 지닐 수 있도록, 매일밤 나의 하루에 작게 동그라미 그려주기.

실은 누구나, 자기 감정을 드러내는 것에 서툴기 마련이지.

관점을 조금 바꾸면 좋을 것 같아.

밥 말리는 그렇게 말했어.

"The truth is, everyone is going to hurt you.

You just got to find the ones worth suffering for."

"사실, 누구나 당신을 상처 입힐 것이다. 당신은 그저 아파할 만

한 가치가 있는 사람을 찾아야 할 뿐이다."

온당한 침묵

　어렸을 적엔 부모님은 맞벌이를 하셔서 집을 오래 비우셨다. 아침 일찍 출근을 하면, 늦은 밤이 되어서야 집으로 돌아오셨다. 세 살 터울의 누나가 학원을 가면, 나는 집에 혼자 남았다. 그러면 나는 혼자서, 비디오 가게에 들러 보고싶은 영화나 만화책 같은 것들을 빌려서 시간을 보내는 경우가 많았다. 그 무렵의 기억은 내가 품은 가장 평온한 시간의 모서리다.

　나는 그 몇백원으로 빌린 비디오테이프와 만화책을 보면서, 가슴에 묘한 기척을 느끼곤 했다. 나로서는 처음으로 깨달았던 것이다. 사람의 몸 안에는, 자기 자신도 잘 알지 못하는 묘한 무언가가 있음을. 그 몰입의 순간은 나의 자의식을 공고히 하는 가능세계의 문이었다. 아끼는 베갯잇을 만지작거리며 아무런 말도 없이, 나는 그것들을 읽어 내려갔다. 허나 아무 말도 하지 않는다고 하여 아무것도 느끼지 않는 것은 아니다. 그 온당한 침묵 속에서, 나는 난생처음 자기다움이란 걸 경험하였던 것이다.

　예컨대 오직, 그것이 아니라면 불가능한 사유가 있다. 비가 내려야 가능한 사색이 있고 사랑에 빠져야만 느낄 수 있는 감정들이 있듯이, 혼자가 되어야만 느낄 수 있는 사고들이 있다. 사전적 의미의 혼자는 아니다. 스스로도 외롭다고 느끼지 않을 만큼의 해방감, 고독을 통해서 나는 본연의 나와 마주할 기회를 얻었던 모양이다. 하여 나는 그때 그 작은 몸 안에서 일렁이는 무언가를 발견하고 있었다.

꿈, 감동, 혹은 슬픔인지도 모르겠다. 다만, 외롭진 않았다. 유년시절, 고독은 나의 보모였고, 책과 영화들은 유일한 친구였다. 나는 처음에 그 많은 영화와, 책들이 왜 존재하는지에 대해서 이해하지 못했으나, 내 안에 꿈틀대는 그것을 느끼고 나서는 헤아릴 수 있었다.

누군가는 반드시, 그 역할을 담당해주어야만 사람은 길을 잃지 않을 수 있기 때문이다. 현실이란 너무나 복잡하고 지루하여, 누군가는 반드시 희망과, 순수함을 지켜주어야만 한다. 그 시간의 공기, 사려 깊은 이야기, 온당한 침묵의 그늘 아래서 나는 나일 수 있었다. 그 순간을 제외하면 나는 나로

서의 의미를 상실하고야 만다.

    물끄러미 들여다보면 고요가 들린다. 내가 그때 느끼던 무언가는 '마음'이라고 불리우는 내면의 활력이었다. 마음이 있어, 나는 의의를 지닌다. 그 마음이라는 것이 여전히 내 안에 존재하여, 내게는 희망이 있다. 마음, 모든 것의 시작은 그곳에서부터. 슬프고 실망스러운 탓에 나는 나이며, 기쁘고 고마운 탓에 나는 나이다. 마음, 모든 것의 소실은 그 장막을 통하여.

    마음이 동요하여 나는 나.
    마음이 불온하여 나는 온전히 나.
    물끄러미 들여다보면 고요가 들린다.
    모든 것의 시작은 그곳에서부터.

"가렵고 시리고, 아파.
이내 뭔가, 쏟아져 버릴 것 같고 불안해."

"아마도 꽃이 피려나봐."